Les mondes de la magie du
DIADÈME

Ce livre appartient à

Lilianne Gros-Jean

John Peel est l'auteur de nombreux romans à succès pour adolescents, notamment des livraisons des séries *Star Trek*, *Are You Afraid of the Dark*? et *Where in the World is Carmen Sandiego*? Il est également l'auteur de nombreux romans de science-fiction, d'épouvante et à suspense, très appréciés par le public.

M. Peel habite les confins extérieurs du Diadème, sur une planète appelée communément « Terre ».

Les mondes de la magie du
DIADÈME

LE LIVRE
DE LA
RÉALITÉ

John Peel

Traduit de l'américain
par Magda Samek

AdA
jeunesse

Éditeur : François Doucet
Traduction : Magda Samek
Révision linguistique : Nicole Demers et André St-Hilaire
Révision : Nancy Coulombe
Mise en page : Sébastien Michaud
Montage de la couverture : Matthieu Fortin
Illustration de la couverture : © 2005 Bleu Turrell/Artworks
ISBN 978-2-89565-480-3
Première impression : 2007
Dépôt légal : 2007
Bibliothèque et Archives nationales du Québec
Bibliothèque Nationale du Canada

Éditions AdA Inc.
1385, boul. Lionel-Boulet
Varennes, Québec, Canada, J3X 1P7
Téléphone : 450-929-0296
Télécopieur : 450-929-0220
www.ada-inc.com
info@ada-inc.com

Diffusion
Canada :   Éditions AdA Inc.
France :   D.G. Diffusion
                    Z.I. des Bogues
                    31750 Escalquens – France
                    Téléphone : 05.61.00.09.99
Suisse :   Transat - 23.42.77.40
Belgique :   D.G. Diffusion - 05.61.00.09.99

Imprimé au Canada

Participation de la SODEC
Nous reconnaissons l'aide financière du gouvernement du Canada par l'entremise du
Programme d'aide au développement de l'industrie de l'édition (PADIÉ) pour nos activités
d'édition.
Gouvernement du Québec - Programme de crédit d'impôt pour l'édition de livres - Gestion
SODEC.

**Catalogage avant publication de Bibliothèque et Archives nationales du Québec et
Bibliothèque et Archives Canada**

Peel, John, 1954-

    Le livre de la réalité
    (Diadème ; 9)
    Traduction de : Book of Reality.
    Pour enfants.
    ISBN 978-2-89565-480-3

    I. Samek, Magda. II. Titre. III. Collection : Peel, John, 1954- . Diadème ; 9.

PZ23.P43Lir 2007   j813'.54   C2007-941089-8

Autres livres de la série Diadème
de John Peel

PROLOGUE :
Il y a un an

Le superviseur de la section neuf se tenait devant un mur sans ouvertures, la tête inclinée par respect.

— Je ne comprends pas ce qui s'est passé, lança-t-il, mais un jeune garçon a disparu.

— Disparu ! s'exclama une voix.

Elle était douce, ni mâle ni femelle, et dénotait une force sous-jacente. Elle ne venait de nulle part et de partout dans la pièce comme si son propriétaire *était* la pièce.

— C'est *mon* monde, continua-t-elle. Les gens ne disparaissent pas comme ça.

— C'est pourtant ce qu'a fait celui-là, j'en ai bien peur, rétorqua le superviseur en se raclant nerveusement la gorge.

— Tu as raison d'avoir peur, l'informa la voix, prenant une intonation plus dure. S'il a disparu à la suite d'une erreur, tu seras puni.

Le superviseur pâlit davantage et secoua rapidement la tête.

— Non, Monsieur ! s'exclama-t-il. Je vous assure qu'il n'y a pas eu d'erreur. Le sujet a simplement *disparu.* La caméra de surveillance a filmé sa disparition.

— Vraiment ! s'étonna la voix en roucoulant presque. Cela semble… étrange. Je vais repasser la bande. Quel est le code ?

Le superviseur débita une série de chiffres qu'il avait soigneusement mémorisés. Il y eut une courte pause, puis le mur devant lui s'illumina d'une vision en trois dimensions de ce qui semblait être une rue ordinaire. Cette rue bien entretenue était bordée de maisons en forme de boîtes. Tout semblait normal, sauf qu'un jeune garçon se promenait sur la voie. Il n'était pas explicitement *défendu* de se balader dans les rues, mais les gens ne le faisaient car ils avaient des occupations beaucoup plus intéressantes. L'image fit un zoom et le superviseur put constater que le jeune garçon n'avait rien de spécial : il était grand de taille, maigre, à la peau d'une teinte bleutée et aux oreilles pointues. L'identification fut rapidement faite et les coordonnées du promeneur s'inscrivirent dans l'air à côté de l'image : *Shalar Domain, pseudonyme en ligne : Pixel.*

— C'est curieux, dit la voix. Sais-tu pourquoi ce jeune garçon se trouvait à l'extérieur de la Maison ?

— Non, Monsieur, se dépêcha de répondre le superviseur. J'ai communiqué avec deux de ses amis, qui m'ont informé que Domain semblait insatisfait de la réalité virtuelle et qu'il souhaitait voir ce qu'il appelait le « monde réel ». Ils sont persuadés qu'il a sombré dans une sorte de démence temporaire.

— Ils ont raison, dit la voix d'un ton songeur. Il avait tout ce qu'il désirait ; pourquoi aurait-il été assez fou pour souhaiter autre chose ?

Un court silence s'ensuivit.

— Y a-t-il eu d'autres disparitions ? s'informa soudainement la voix.

— Aucune, Monsieur, s'empressa de répondre le superviseur.

— Bon, fit la voix. Tu ferais mieux de surveiller les amis de ce garçon. Ils pourraient eux aussi avoir des idées bizarres.

Le superviseur sembla soulagé.

— Je l'ai déjà fait, affirma-t-il, heureux d'y avoir pensé. Je m'inquiétais de la possibilité de contamination.

— Tu as bien fait, confirma la voix.

On aurait dit qu'elle fronçait les sourcils.

— Et que fait le sujet maintenant ? s'informa-t-elle.

Le superviseur secoua la tête. Dans l'image, Pixel s'était arrêté et semblait parler à quelqu'un, sauf qu'il n'y avait personne près de lui.

— Il semble avoir complètement perdu la tête, Monsieur, conclua le superviseur. Il parle à quelqu'un qui n'existe pas.

— Comme c'est curieux… dit la voix d'un ton songeur. Et pourtant il ne semble pas avoir le cerveau dérangé.

L'image montra Pixel qui continuait à avancer.

— Il approche de la Zone de travail ! s'exclama la voix d'un ton sec. C'est interdit.

— Son arrivée a été surveillée, la rassura le superviseur. Dès qu'il est devenu clair qu'il se dirigeait vers cet endroit, l'Escouade canine six a été mandatée.

Le superviseur continua à observer Pixel qui se dirigeait vers le mur séparant la Zone de travail des Maisons. Le garçon jeta un coup d'œil par-dessus un endroit où le mur était plus bas. Il blêmit lorsqu'il vit des travailleurs qui vaquaient à leurs tâches, sous la surveillance de gardes armés. Il continuait à parler à la personne inexistante et cette dernière lui répondait. Les réponses semblèrent le déranger car il se mit à courir, sans but précis. Il tourna brusquement la tête en entendant les chiens qui approchaient.

Le superviseur observait la scène, imperturbable. L'Escouade qui avait été mandatée pour intercepter et détruire se rapprochait. Il ne fallait pas prendre de chances avec quiconque s'était aventuré hors de sa Maison. Ça ne se produisait pas souvent, pas plus d'une fois par mois, et le superviseur était habitué à voir l'Escouade tailler la victime en pièces. Il n'était pas dérangé de voir la terreur qui s'emparait du malheureux, d'entendre les cris désespérés de ce dernier et de voir ce pauvre imbécile se faire lacérer à mort.

Par contre, ce n'était pas ce qui arrivait en ce moment.

Alors que les chiens s'apprêtaient à attaquer, un autre personnage — loin d'être imaginaire celui-là — apparut d'on ne sait où pour aider le jeune piégé. Et curieusement, il ne s'agissait pas d'un être humain.

On aurait plutôt dit un gigantesque oiseau de proie, au corps emplumé, aux longues serres et à bec, qui aidait le jeune garçon à chasser les chiens.

L'image s'arrêta.

— D'où vient cette… créature ? demanda la voix.

— Je ne la connais pas, Monsieur, répondit le superviseur.

Le moniteur captait bien sûr la scène, mais on ne sait pas de quel côté était venu l'intrus. De plus, le mystérieux personnage ne possédait pas de puce ; donc, il était impossible d'y accéder directement. Les choses allaient s'éclaircir quelque peu dans les scènes suivantes.

L'image recommença à défiler, montrant l'homme-oiseau qui tendait une longue serre, et une déchirure apparut dans l'air, comme si *quelque chose* s'était servi de la serre pour faire un trou dans l'espace. On voyait la noirceur au-delà. Les chiens se rapprochaient dangereusement, mais l'homme-oiseau les repoussa, envoyant deux d'entre eux voler dans les airs et retomber au milieu de la meute. Cela déconcentra suffisamment les chiens féroces pour permettre au nouveau venu et à Pixel de parler. Après avoir échangé quelques mots, les deux plongèrent dans l'ouverture qui se referma derrière eux. Les membres de l'Escouade canine ne purent que hurler et tournoyer sur eux-mêmes.

— Qu'est-ce que ce phénomène ? demanda la voix.

— Je ne sais pas, Monsieur. Le dispositif de surveillance n'est pas conçu pour faire une analyse, seulement un enregistrement.

— C'est… malheureux, ne put s'empêcher de dire la voix. Mais comme il n'y avait aucune raison de s'attendre à ce qu'une telle anomalie se produise, il n'y aura pas de punition pour cette méprise. J'espère que vous avez maintenant installé le bon équipement au cas où la chose se répéterait.

— Absolument, Monsieur, l'assura le superviseur. En ce moment même, une équipe d'analyse est en place, mais elle n'a encore rien trouvé.

— Je ne m'attends pas à ce qu'elle trouve quoi que ce soit, admit la voix. Cette histoire est bizarre et troublante.

Elle réfléchit.

— Il faut installer un équipement de surveillance et d'analyse à cet endroit-là au cas où la même chose se reproduisait, annonça-t-elle. Il faut aussi fermer la Maison du sujet, la résidence Domain, et y accoler une étiquette. De plus, une recherche permanente doit être effectuée afin de retracer la puce de Pixel. Si ce garçon réapparaît sur Calomir, je veux en être avisé immédiatement.

Le superviseur acquiesça de la tête : il avait déjà mis en branle le processus, s'attendant à recevoir de tels ordres.

— Savez-vous ce qui est arrivé au garçon ? osa-t-il demander à la voix.

— Non, répondit-elle après un moment de silence, et je trouve ça étrange. Il y a si peu de choses que je ne sais pas ou que je ne comprends pas. Il est évident que l'intrus connaît une méthode de créer une fissure dans l'espace. Cela m'intéresse grandement. Si cette créature s'est rendue ici une fois, elle peut revenir n'importe quand. Si elle récidive, je veux qu'elle soit capturée vivante et qu'elle me soit amenée. Je dois connaître le secret de son pouvoir. Cet intrus pourrait favoriser mes projets. Et il faut surtout rechercher Pixel. Dès que vous l'aurez trouvé, amenez-le-moi pour que je l'interroge et que j'analyse son comportement. Il a enfreint une interdiction tellement absolue que je n'ai même pas encore formulé de lois pour un tel manquement.

— Il sera capturé et puni, lui promit le superviseur.

— Il *ne sera pas* puni, lui fit remarquer la voix d'un ton bourru. Il sera capturé et interrogé. Je dois connaître tout ce qu'il sait avant qu'il soit détruit. Son esprit deviendra mon jouet. *Alors, et seulement alors,* tu pourras le supprimer, de façon aussi douloureuse que tu le veux.

Le superviseur sourit. Faire souffrir était ce qui lui donnait le plus de plaisir dans la vie. Et il était persuadé que Pixel lui procurerait beaucoup de plaisir.

1

Score était blême.

— Je crois que je vais dégueuler, annonça-t-il. Je ne sais pas si je peux supporter ça plus longtemps.

Hélaine le foudroya du regard.

— Pourquoi le fait que Pixel et Jenna soient si heureux te dérange-t-il autant ? lui demanda-t-elle en le foudroyant du regard. Serais-tu jaloux par hasard ? Tu veux peut-être ce qu'ils ont, mais tu n'as pas le courage de chercher à l'obtenir…

— S'il te plaît, la supplia Score en roulant des yeux. Sigmund Freud ou son équivalent ne naîtra pas sur ton monde avant quelques centaines d'années. Alors, n'essaie pas de me psychanalyser.

Hélaine renifla et rejeta ses longs cheveux noirs vers l'arrière.

— Tu sais, j'ai bien vu que, lorsque je dis quelque chose qui te déplaît, lui fit-elle remarquer, tu ne perds pas une occasion de me rappeler que je viens d'un monde qui a un retard de cinq cents ans par rapport au tien. Je ne comprends rien aux véhicules automobiles et aux machines volantes, mais ça ne veut pas dire que je suis stupide.

Score savait qu'il s'aventurait sur un terrain glissant. Il aimait beaucoup Hélaine et il savait qu'elle le lui rendait bien, sauf qu'elle était dotée d'un tempérament et d'un sens de l'honneur très vifs. Ça ne prenait pas grand-chose pour la mettre en colère et, lorsqu'elle se fâchait, il y avait de la casse… surtout des os…

— Loin de moi cette idée, protesta-t-il. Tout le contraire. C'était une blague, pas très bonne peut-être. Mais je dois avouer que je suis agacé de voir Pix et Jenna se bécoter à tout bout de champ.

— Et pourquoi ? lui demanda Hélaine, une étincelle dangereuse dans les yeux. Est-ce que c'est parce que tu aimerais être à la place de Pixel en train de bécoter Jenna ?

— Jamais de la vie ! protesta Score. Jenna est mignonne et gentille et tout... mais elle n'est pas mon genre.

— Ah bon ! s'exclama Hélaine. Et qui est ton genre ?

Score s'éclaircit la gorge. Il fallait *vraiment* qu'il apprenne à se tourner sept fois la langue dans la bouche avant de parler.

— Personne, répondit-il. Je suis un solitaire, tu sais bien. Je ne crée pas de liens affectifs avec les autres, par peur que les choses se retournent contre moi.

— Alors, tu ne m'aimes pas ? lui demanda-t-elle directement.

Cette conversation prenait des allures périlleuses...

— Bien sûr que je t'aime, avoua-t-il. Tu es probablement ma meilleure amie. Mais je ne t'aime pas de cette façon.

— De *quelle* façon ? lui demanda-t-elle en fronçant les sourcils.

Score pointa du doigt vers l'extrémité de la salle du château qu'ils habitaient tous. Pixel et Jenna étaient assis enlacés, tout près l'un de l'autre, lisant le même livre.

— De *cette* façon, répondit-il.

— Tu ne serais pas heureux de lire avec moi ? s'enquit-elle.

Score était *presque* certain qu'elle avait un léger sourire au coin des lèvres. Mais comme il s'agissait d'Hélaine, c'était peut-être un sourire de bonheur à l'idée de lui flanquer une raclée.

— Tu sais très bien ce que je veux dire, réussit-il à dire.

Hélaine se redressa et rejeta la tête en arrière, en affichant une expression arrogante.

— Et qu'est-ce qui te fait croire que j'aimerais t'embrasser ? lui demanda-t-elle sèchement.

— Rien, se dépêcha de dire Score en levant les bras. Je ne voulais pas aborder ce sujet. C'est juste que ça m'énerve de les voir se tenir la main et se regarder amoureusement. Il me semble que les choses allaient mieux avant l'arrivée de Jenna.

Hélaine émit un grognement.

— J'ai déjà dit çà à plusieurs reprises, renchérit Hélaine.

Jenna et elle venaient de la même planète médiévale mais, alors qu'Hélaine était la fille du noble seigneur Votrin, Jenna était la fille de paysans. Les deux ne se chamaillaient plus, mais on ne pouvait pas dire qu'elles étaient devenues amies.

— Mais Jenna nous est utile, poursuivit Hélaine.

Jenna était en effet une guérisseuse. Compte tenu du nombre de fois que les quatre se retrouvaient dans le pétrin, son pouvoir de guérison était le bienvenu.

Score jeta un coup d'œil à l'endroit où se trouvaient Pixel et Jenna, qui avaient cessé de rire et qui bavardaient maintenant à voix si basse que personne d'autre ne pouvait les entendre.

— Oui, reconnut-il. Et elle a aussi de très jolies jambes.

Il se repentit aussitôt.

— Les garçons ! s'exclama Hélaine. Vous vous ressemblez tous ! Vous accordez plus d'importance à l'apparence qu'à la personne.

Elle pointa un doigt accusateur vers Score.

— Il y a autre chose dans la vie qu'une jolie paire de jambes, poursuivit-elle.

— Tu devrais le savoir, grommela Score. Après tout, tes jambes sont encore plus jolies et tu donnes de plus forts coups de pied.

À ces mots, Hélaine s'arrêta au milieu de sa tirade pour réfléchir à ce que le garçon venait de dire. Elle semblait presque convaincue que c'était un compliment. Toutefois, avant qu'elle puisse formuler une réplique,

Pixel et Jenna se levèrent du fauteuil à haut dossier qu'ils partageaient et se dirigèrent vers eux.

— Si nous ne vous dérangeons pas trop, leur dit Pixel, nous aurions quelque chose à vous communiquer.

— Vous ne nous dérangez pas, l'assura Score. Nous nous disputions comme d'habitude.

Jenna sourit à ces mots. Elle ne faisait pas partie du groupe depuis longtemps, mais elle s'était habituée au comportement étrange d'Hélaine et de Score.

— Pixel et moi voulons partir en voyage, commença-t-elle, et nous nous demandions si vous accepteriez de nous accompagner.

Score trouva qu'il s'agissait là d'une excellente idée… En fait, n'importe quoi qui pouvait détourner l'attention d'Hélaine faisait son affaire.

— Excellent ! où irions-nous ? s'empressa-t-il de demander.

Il essaya de ne pas penser à leur dernier voyage, au cours duquel ils avaient dû prendre leurs jambes à leur cou pour échapper aux pirates. Heureusement que Jenna avait pu faire apparaître un portail à temps pour leur permettre de s'enfuir. La jeune paysanne commençait finalement à maîtriser la magie.

— J'aimerais rentrer chez moi, à Calomir, expliqua Pixel en se mordillant la lèvre inférieure. Hélaine et toi avez revu votre famille. Je me suis dit qu'il serait bon que j'aille rendre visite à la mienne.

Score grimaça. Son voyage de retour chez lui l'avait ramené à son père violent, Méchant Tony Caruso, un chef mafieux en puissance à New York. Le retour d'Hélaine chez elle les avait faits atterrir au milieu d'une guerre. Il ne voyait pas où serait le danger à visiter les parents de Pixel. Ces derniers vivaient dans la réalité virtuelle, branchés à l'ordinateur de la Maison, laissant leur esprit vagabonder là où ils le voulaient.

— Ça fait combien de temps que tu ne les as pas vus ? demanda Score à son ami.

— Des années, fit Pixel en soupirant. Je ne me souviens plus de la dernière fois où je les ai vus en personne. Ils me rendaient souvent visite en ligne, mais en personne…

Il secoua la tête.

— Je ne leur ai probablement pas encore manqué, poursuivit-il.

— Nous devrions tous aller les voir, suggéra Hélaine en souriant. J'aimerais beaucoup les rencontrer. Après tout, ils ont élevé un très gentil fils.

Elle fit une courte pause.

— Contrairement à d'autres personnes… ajouta-t-elle en foudroyant Score du regard.

— Nous avons aussi une autre raison de vouloir les rencontrer, avoua Pixel. Il tenait encore la main de Jenna et la serra davantage.

— Je veux leur présenter Jenna, continua-t-il, et Jenna aimerait les connaître.

— Es-tu sûr que nous ne serons pas de trop ? demanda Score en roulant des yeux. Après tout, la première fois que tu emmènes ta petite amie voir tes parents… c'est une chose personnelle.

— J'aimerais aussi qu'ils vous connaissent, Hélaine et toi, avoua Pixel. S'ils s'inquiètent à mon sujet, ils seront rassurés. Quand ils vont constater que j'ai des amis comme vous, ils ne se feront pas de soucis.

— Oui, je vois, fit Score en ricanant. Tu expliqueras à tes parents que nous vivons seuls tous les quatre dans notre propre château… sans chaperon. Ils vont être *vraiment* soulagés. Pix, les parents ont tendance à réagir exagérément. Ils vont croire que nous organisons des orgies dans notre bain tourbillon, que nous passons notre temps à nous soûler et à pratiquer d'autres activités inavouables. Ils ne croiront pas que, la plupart du temps, nos journées sont d'une monotonie à en crever.

Pixel prit un air perplexe.

— Nos journées sont rarement monotones, fit-il remarquer à son ami. Nous allons d'aventure en aventure.

— Ça, c'est une autre chose que je ne leur révélerais pas car je voudrais éviter de les stresser, le prévint Score. Risquer ta vie, combattre des monstres et des magiciens cinglés… ce n'est pas pour les rassurer. Peut-être que tu devrais t'en tenir à la cueillette de fleurs, à nos jeux avec les licornes et à nos autres passe-temps inoffensifs.

Hélaine le foudroya du regard.

— Es-tu en train de lui conseiller de mentir à ses parents ? lui demanda-t-elle. C'est bien toi, ça.

— Pas vraiment leur mentir, protesta Score… juste leur cacher certaines choses. C'est plus sûr lorsqu'on traite avec des adultes. Leur dire toute la vérité les fait paniquer et ils supposent le pire. Ils pourraient te priver de sorties pour le restant de tes jours.

— Je suis certaine qu'ils se montreront compréhensifs, déclara Jenna. Après tout, leur fils l'est et il doit bien tenir cette qualité de quelqu'un.

— Probablement des ordinateurs qui l'ont élevé, murmura Score. Tu ne pourras pas dire que je ne t'avais pas mis en garde.

Hélaine sourit à Pixel.

— Moi, je suis curieuse de voir ton monde, l'informa-t-elle.

— C'est ça ? demanda Score, en regardant autour de lui avec incrédulité.

Avec l'aide de leur amie magicienne Shanara, les deux tourtereaux avaient créé un portail pour se rendre à Calomir, un monde situé sur la périphérie extérieure du Diadème où la magie était à son plus faible. Un portail pouvait être mis en place pour s'y rendre à partir des autres mondes plus près du centre du Diadème mais, une fois à Calomir, il était impossible de créer un portail pour en partir. La seule façon de quitter le lieu d'origine de Pixel serait de demander à Shanara de rouvrir le portail pour les ramener ici ; autrement, ils seraient bloqués là-bas pour le reste de leurs jours.

Les quatre amis avaient franchi la passerelle qui reliait les mondes et s'étaient retrouvés à Calomir. Score regardait autour de lui, n'en croyant pas ses yeux. Il voyait des maisons identiques sur une rue de banlieue. Les résidences étaient toutes faites d'un bloc avec toit et portes. Elles n'avaient pas de fenêtres, de boîte aux lettres ni même de numéro civique. Il n'y avait ni voitures ni gens dans la rue.

— On dirait le royaume de l'ennui, se plaignit Score.

— Vous comprenez maintenant pourquoi j'aime autant le Diadème, expliqua Pixel en souriant.

Hélaine secoua la tête.

— Je vois maintenant pourquoi tu t'es perdu en quittant ta Maison, dit-elle. Toutes les constructions se ressemblent ici.

— Comment vas-tu retrouver ta Maison cette fois-ci ? Jenna demanda-t-elle à Pixel.

Le garçon lui montra son rubis.

— J'ai un avantage cette fois-ci, fit-il remarquer. La magie.

Il se concentra et un mince faisceau rouge partit de la pierre précieuse en direction d'une Maison située à un kilomètre.

— La possibilité de trouver les choses par magie n'est pas à dédaigner, s'empressa-t-il de dire.

— Oui, convint Score. J'aurais détesté devoir examiner chaque Maison à la recherche de la tienne. Ça aurait pris un temps fou.

— Les autres Maisons ne nous auraient pas laissés entrer, l'informa Pixel. Elles t'auraient considéré comme un intrus et auraient appelé la police. N'oublie pas qu'il s'agit de Maisons intelligentes.

— Plus intelligentes que les gens probablement, murmura Score. Quel dépotoir. Il n'y a aucune animation ici. Désolé, Pix, mais ta ville natale ne se compare pas à New York.

Il sourit.

— Eh, peut-être que s'il y avait quelques New-Yorkais ici, poursuivit-il, ça égaierait un peu ce cimetière.

— Nous ne sommes pas ici pour changer les choses, lui rappela Pixel. Nous visitons tout simplement ma ville natale pour que mes parents fassent la connaissance de mes amis, et surtout de ma petite amie.

Il serra la main de Jenna et les deux se regardèrent avec adoration.

— Cessez de vous faire les yeux doux, se plaignit Score. Je viens de manger.

— Tu es juste jaloux, répliqua Pixel.

— Non, j'ai la nausée, renchérit Score.

Cependant, rien ne pouvait ruiner le bonheur de Pixel, et Score se calma. Il jeta un regard noir à Hélaine, qui semblait sourire en son for intérieur.

— Qu'est-ce que tu as ? lui demanda-t-il.

— Rien... je réfléchissais, répondit-elle.

Score détestait qu'elle prenne des mines mystérieuses. Elle avait l'habitude de se montrer sérieuse, ce qui l'agaçait parfois, surtout lorsqu'il était certain qu'elle pensait à lui.

Heureusement, la Maison de Pixel n'était pas loin. Pixel se dirigea vers la porte.

— Ouvre-moi, ordonna-t-il.

— Tu es accompagné de personnes inconnues, répondit la Maison d'une voix agréable qui, bien que mécanique, laissait percer une certaine appréhension.

— Ce sont mes amis, expliqua Pixel. Il faut leur accorder la permission d'entrer dans la Maison chaque fois qu'ils la demanderont.

— C'est très peu orthodoxe, se plaignit la Maison.

— Peut-être, répondit Pixel, mais fais-le quand même. Maintenant, ouvre-nous la porte.

La Maison ne répondit pas, mais la porte s'ouvrit lentement. Pixel prit les devants.

Score fut le dernier à entrer et la porte se referma lentement derrière lui. Il en fut ennuyé car il eut l'impression d'être à l'intérieur de la cellule d'une prison. La lumière était artificielle puisqu'il n'y avait pas de fenêtres. Les quatre amis se trouvaient dans une petite cuisine d'une propreté impeccable.

— Ma chambre est par là, annonça Pixel.

Il emmena Jenna, Hélaine et Score vers un autre petit espace. Il y avait un placard, un lit et un appareil bizarre qui ressemblait à l'instrument qu'on utilisait à New York pour sécher les cheveux permanentés. Il n'y avait rien d'autre dans la pièce.

— Tes parents doivent adorer la façon dont tu tiens ta chambre si impeccable, fit observer Score à son ami. Il n'y a même pas une chaussette qui traîne.

— C'est la Maison qui range tout, dit Pixel. Et je n'ai pas besoin de décoration puisque je suis branché à l'ordinateur la majeure partie du temps.

Il pointa du doigt vers l'appareil.

— Lorsque je suis à l'intérieur de l'ordi, je peux aller n'importe où, expliqua-t-il.

— Oui, je comprends pourquoi tu voulais être n'importe où sauf ici, Score philosopha-t-il en secouant la tête. Maintenant, présente-nous maman et papa zombie.

— Par ici, lui indiqua Pixel.

Il sortit de la chambre et emprunta le petit couloir. Une autre porte s'y trouvait mais elle était fermée.

— La chambre de mes parents, annonça-t-il.

Il frappa à la porte, mais n'obtint pas de réponse.

— Je suis certain qu'ils sont en ligne, poursuivit-il.

Score approuva d'un signe de tête.

— Pourquoi seraient-ils ailleurs ? demanda-t-il. Alors, comment réveillons-nous la belle au bois dormant ?

Pixel leva les yeux vers le plafond.

— Maison, peux-tu avertir mes parents que nous sommes ici ? demanda-t-il.

— Je ne peux pas accéder à cette demande, répondit la Maison.

— Pourquoi pas ? s'écria Pixel en fronçant les sourcils.

— Je ne peux pas le dire, avoua la Maison.

Score ricana.

— J'ai bien l'impression que la Maison est effrontée, se hasarda-t-il à avancer.

Pixel sembla inquiet.

— Maison, ouvre la porte alors, ordonna-t-il.

Il n'y eut pas de réponse.

— Ouvre la porte je t'ai dit, revint Pixel à la charge.

Il y eut un silence.

— Je ne peux pas accéder à ta demande, répondit finalement la Maison.

Score réalisa que l'heure des plaisanteries était passée. Il saisit l'émeraude qui était dans sa poche et qui lui donnait le pouvoir de transformer une chose en une autre. Il se concentra sur la porte.

— J'espère que tes parents ne s'adonnent pas à une activité qu'on ne devrait pas voir, murmura-t-il à l'intention de Pixel.

Il transforma ensuite la porte en air.

Les quatre amis fixèrent la pièce… La chambre était complètement vide.

Score secoua la tête.

— On dirait que tes parents ont déménagé en ton absence, fit-il remarquer à Pixel.

— Je ne comprends pas, murmura Pixel.

Il prit quelques secondes pour réfléchir.

— Maison ! appela-t-il d'un ton brusque. Où sont mes parents ?

— Je ne peux te le dire, répondit la Maison.

— Je viens peut-être d'un monde arriéré, interrompit Hélaine, mais cette Maison m'a l'air délibérément évasive. Elle t'avise qu'elle ne peut pas te dire où se trouvent tes parents, pas qu'elle ne le sait pas.

— C'est un bon point, convint Pixel.

Il fit une courte pause.

— Maison, sais-tu où sont mes parents ? reformula-t-il sa question.

— Non, fit simplement la Maison.

— Comment ça, non ? demanda brusquement Jenna.

— Parce qu'ils n'existent pas, expliqua la Maison.

À cette réponse, Score sentit un frisson le gagner.

— Monsieur !

Le superviseur de la section neuf se détourna de ses moniteurs pour regarder l'un des sous-fifres qui s'arrêta juste à côté de la chaise où il était assis.

— Oui ? demanda-t-il, ennuyé par l'interruption.

Il savait que son personnel ne l'aurait jamais dérangé pour une chose insignifiante.

— L'alarme que vous avez placée il y a un an vient de sonner, lui déclara la femme en consultant le moniteur qu'elle tenait à la main. Il s'agit d'un Shalar Domain.

Le superviseur se souvint immédiatement de l'histoire de ce garçon qui avait disparu dans des circonstances mystérieuses.

— Est-il en train de s'inscrire ? demanda-t-il à la femme.

— Oui, Monsieur, répondit-elle. Il semble être à l'intérieur de la Maison. L'appareil de surveillance n'a pu détecter son arrivée avant ça. Il y a peut-être une défaillance.

— Non, il n'en a pas, rétorqua le superviseur d'un ton hargneux. N'essaie pas d'analyser ce qui se passe, ce n'est pas ton affaire. Avertis une équipe d'extraction. Il faut considérer ce garçon et tous ceux qui l'accompagnent comme très dangereux. Nous devons appréhender Domain et ses compagnons. Ne prenez pas de chances, mais n'oubliez pas que le garçon *doit* être vivant en vue de son interrogatoire.

— Oui, Monsieur, acquiesça la femme.

Elle ne comprenait rien, mais elle n'avait pas à se casser la tête.

— Dois-je vous aviser lorsqu'on l'aura appréhendé ? s'informa-t-elle.

— Non, répondit le superviseur en se levant. Je serai avec l'Esprit supérieur. Il le saura.

La femme acquiesça de la tête et se dépêcha d'obéir aux ordres qui lui avaient été donnés. Le superviseur se dépêcha d'aller faire rapport à l'Esprit supérieur. Ce dernier ne comprenait pas non plus ce qui arrivait, mais il dénouerait le mystère plus tard. Ce jeune Domain serait pris et interrogé : il serait ensuite détruit pour avoir enfreint les lois tacites de l'Esprit supérieur.

2

La mine décontenancée et terrifiée de Pixel fit naître de la compassion dans le cœur d'Hélaine. Le garçon avait eu un choc en découvrant la disparition de ses parents et un plus gros en constatant que la Maison n'en avait aucune souvenance. La jeune guerrière ne savait pas ce qu'était un « ordinateur », mais elle croyait que c'était une façon scientifique d'exécuter des fonctions magiques, comme voir au loin. Elle supposa que, sur la Périphérie, les gens qui ne pouvaient pratiquer la magie avaient besoin d'un tel appareil.

— Quand étaient-ils là pour la dernière fois ? demanda Pixel, refusant d'abandonner.

— Ta question n'est pas logique, répondit la Maison.

— Bien sûr qu'elle l'est, lui cria Pixel. C'est très simple : quand mes parents étaient-ils dans cette Maison pour la dernière fois ?

— La question n'est pas logique, insista la Maison. Tes parents n'ont jamais été ici.

— Quoi ! s'écria Pixel, complètement désorienté. Mais… c'est dingue. Mes parents *étaient* ici ; je le sais, je les ai vus. Où pourraient-ils être ?

— Pix, dit doucement Score en lui posant la main sur le bras, l'air sérieux pour une fois, je crois qu'il y a un léger problème ici.

Pixel, en colère, se tourna vers lui.

— Mes parents ont disparu et tu appelles ça un *léger* problème ! lança-t-il.

— Il essaie de t'aider Pixel, fit Jenna en saisissant le bras de son amoureux.

Comme d'habitude, la présence de Jenna calma le pauvre garçon.

— Je sais, dit Pixel en soupirant, mais je suis très inquiet. Qu'est-ce qui se passe ici ?

— Écoute, Pix, lui dit encore une fois Score. Je pense que tu laisses passer l'essentiel. La Maison te dit que tes parents n'ont jamais été là ; tes yeux te disent qu'ils y étaient. Il y a donc deux possibilités : la Maison ment ou tu te trompes.

— Comment puis-je me tromper en disant que j'ai vu mes parents ? demanda Pixel, complètement déconcerté.

Hélaine comprit tout à coup ce qu'essayait de dire Score.

— Parce que la Maison te fabrique des illusions, expliqua-t-elle à Pixel. Aurait-elle pu te faire *croire* que tu voyais tes parents alors qu'ils n'étaient pas là ?

À ces mots, Pixel fut réduit au silence. Il arbora un air abasourdi puis songeur.

— Mais, pour pénétrer dans la réalité virtuelle, il me faut porter mon casque, finit-il par dire, ce que je ne faisais pas lorsque je rendais visite à mes parents.

— Tu *crois* que tu n'en portais pas, Pix, lui fit observer Score. Cependant, ces satanés ordinateurs auraient pu te faire *croire* que tu avais enlevé ton casque, non ?

— Mais… pourquoi la Maison aurait-elle fait ça ? demanda Pixel d'un ton geignard.

Il était évident qu'il commençait à penser que ses amis avaient peut-être raison.

— Nous pourrions toujours le lui demander, suggéra Jenna. La Maison semble très gentille. Je suis certaine qu'elle nous dira la vérité...

Hélaine était habituée au comportement un peu stupide de Jenna. La jeune paysanne n'agissait pas comme ça consciemment, mais à quoi pouvait-on s'attendre de la part d'une fille de si basse classe ? Son commentaire était bien naïf. Hélaine se mit tout à coup à sourire en sentant la magie flotter dans l'air. Jenna se servait de sa capacité de persuasion sur la Maison ! Mais la magie pourrait-elle fonctionner sur une chose qui n'était pas vivante car, du peu qu'Hélaine savait des ordinateurs, elle ne pensait pas que la Maison fut vivante ; la jeune fille était sûre que cette dernière n'en donnait que l'impression. Or, Hélaine devait admettre que l'idée de Jenna était bonne, qu'elle valait certainement la peine d'être appliquée.

Pixel avait aussi compris.

— Maison, qu'est-ce qui se passe ? demanda-t-il. As-tu truqué l'apparition de mes parents ?

— Je n'ai pas l'autorisation de répondre à cette question, dit la Maison.

Hélaine pensa que son imagination lui jouait peut-être un tour, mais il lui sembla que la voix était quelque peu altérée. Le débit était plus lent et, l'articulation, moins claire.

— Pourquoi ? demanda Jenna. C'est pourtant une question très simple. Et tu veux nous aider, n'est-ce pas ?

Elle se servait de tout le pouvoir que lui donnait sa citrine.

— Oui, oui, reconnut la Maison.

Hélaine se dit que ce n'était sûrement pas son imagination qui lui jouait des tours. La voix semblait bouleversée, comme si elle était sur le point de fondre en larmes.

— Je veux t'aider, de dire la Maison. Mon programme ne me le permet pas… Urgence…

Des étincelles jaillirent soudainement de l'appareil et la voix de la Maison se tut.

— Eh bien, c'est une première même pour nous, décréta Score, en donnant un petit coup sur l'épaule de Jenna. Je crois que tu viens de tuer une Maison.

— Je ne l'ai pas fait exprès, ne put s'empêcher de dire Jenna, l'air horrifiée.

— La Maison n'était pas vraiment vivante, la rassura Pixel, l'air agité. Ce n'était qu'une machine, mais ta magie a créé une division dans son programme. Plutôt que de désobéir aux instructions ou de te décevoir, la Maison s'est décomposée.

41

— Tu sais, Pix, fit lentement Score, je commence à trouver que la situation se corse. Pourquoi la Maison aurait-elle simulé tes parents pendant toutes ces années ? Et s'ils ne sont pas là, où se cachent-ils ?

— Je ne le sais pas plus que toi, reconnut Pixel en secouant la tête. Mais s'ils ne se trouvent pas ici, ça veut dire qu'ils sont dans le pétrin et que je dois leur venir en aide au plus vite. La seule façon d'y parvenir est de me brancher.

Score signala le mur qui grésillait encore.

— Tu ne pourras pas le faire ici, fit-il remarquer à son ami.

— Non, je vais devoir utiliser l'ordinateur d'une autre Maison, annonça Pixel.

Il semblait résolu.

— Mais il faut que je m'y introduise par effraction, poursuivit-il.

— Tu es un véritable contrevenant, décréta Score en souriant. Tu ferais mieux de prendre garde aux policiers.

Hélaine eut tout à coup une idée.

— Est-ce que ce ne serait pas mieux de demander l'aide des autorités ? suggéra-t-elle.

— Il se peut que les autorités soient responsables de la disparition de mes parents, avoua Pixel. Je ne sais pas si je peux leur faire confiance.

— Tu ne sais pas non plus si tu ne peux pas te fier à eux, lui fit remarquer Hélaine.

— C'est vrai, admit Pixel, l'air indécis.

— Partageons-nous la tâche, proposa Score. Jenna et toi pourriez vous introduire par effraction dans une Maison et faire du piratage informatique pendant qu'Hélaine et moi communiquerions avec les autorités pour voir si quelqu'un peut nous aider. Après tout, nous ne te sommes d'aucune utilité quand il est question d'ordinateurs.

— C'est aussi mon cas, lui fit observer Jenna.

— C'est vrai, reconnut Score, mais tu es très efficace lorsque vient le temps de remonter le moral de Pix et j'ai bien l'impression que ton amoureux va avoir besoin de réconfort.

Hélaine le regarda, toute surprise.

— C'est vraiment prévenant de ta part, Score, lui fit-elle remarquer. Il y a donc de l'espoir après tout.

— Ne t'y habitue pas, grommela-t-il. C'est juste que je préfère ne pas voir ces deux-là s'embrasser tout le temps.

— Bon, dit Pixel, suivons ton plan. Hélaine nous permettra d'entrer en contact si l'un d'entre nous apprend quelque chose.

— Très bien, acquiesça Hélaine.

Elle jeta un coup d'œil à Score.

— Partons, ordonna-t-elle.

— C'était *mon* idée de nous diviser en deux équipes, se plaignit Score. C'est donc moi le chef.

— C'est moi qui ai suggéré d'entrer en contact avec les autorités, lui rappela Hélaine. C'est mon plan et c'est donc moi le chef.

— Tu n'as pas ton épée, lui fit remarquer Score.

Il avait bien entendu raison, car Pixel avait insisté pour qu'Hélaine laisse son arme à la maison puisque personne ne portait d'épée sur Calomir.

— Si tu n'as pas d'épée, poursuivit-il, tu ne peux pas régenter.

— J'ai apporté mon couteau, lui déclara Hélaine dès leur sortie de la Maison.

Elle portait les vêtements qu'elle avait mis lors de leur voyage sur la planète Terre et avait glissé le couteau et le fourreau sous son tee-shirt. Elle releva un peu son maillot pour appuyer ses dires.

— De toute façon, je pourrais te battre même sans armes, poursuivit-elle.

— Oh, un petit morceau de chair nue, dit Score en touchant du doigt.

Hélaine rougit et baissa vivement son tee-shirt. Score souriait.

— Tu tombes dans le panneau chaque fois, continua-t-il. Tu es vraiment prude.

— Et tu es dégoûtant, lui dit-elle à défaut de trouver une réponse plus pertinente. Peux-tu cesser de penser à tes choses répugnantes et te concentrer sur notre mission ?

— Pas quand tu exposes une partie nue de ton corps devant mes yeux, rétorqua-t-il.

Il adorait la taquiner.

— Je n'en ferai pas une habitude, lui dit-elle avec raideur.

— Quel dommage ! s'exclama-t-il.

— Si tu veux me faire la cour, l'informa-t-elle en le foudroyant du regard, tu peux le faire d'une façon plus officielle et plus polie.

— Minute ! s'exclama Score, l'air d'un cerf acculé par des chasseurs. Je n'ai pas parlé de te faire la *cour*. Je voulais te taquiner un peu, c'est tout !

— Je vois, rétorqua Hélaine d'un ton bourru. Tu ne me trouves pas intéressante ?

— Quel est dont votre problème, vous, les filles ? lui demanda Score, inquiet. Ne pouvez-vous pas penser à autre chose qu'aux histoires sentimentales ? Je te croyais différente, avec ton comportement batailleur, mais tu ne l'es pas ! Sous cet extérieur froid et dur, tu n'es qu'une fille qui rêve d'amener un pauvre imbécile à l'épouser et à se ranger.

Hélaine ne lui avait répondu que pour le taquiner en retour mais, comme d'habitude, il avait réussi à la contrarier.

— Qu'est-ce qui te fait croire que je veux te forcer à faire quoi que ce soit ? s'enquit-elle hardiment. Tu es certainement la personne la plus exaspérante et la plus stupide que j'ai jamais rencontrée ! Tu es loin de faire un bon parti.

— Dieu merci ! fit Score en affichant un grand sourire. J'ai bien cru que tu t'adoucissais à mon égard. Je suis content de voir que tu n'es pas si stupide en définitive.

Il était vraiment *exaspérant* ! Alors qu'elle était certaine de l'avoir insulté, il se montrait heureux de ce qu'elle avait dit. Il devait avoir un cerveau fêlé ! Et pourquoi l'attitude du garçon l'agaçait-elle à ce point ? Elle aurait dû y être habituée.

Et pourquoi ne jugeait-il pas qu'elle méritait qu'il lui fasse la cour ? Elle ne pouvait s'empêcher de penser que c'était parce qu'il la considérait encore comme une barbare à moitié sauvage. Elle avait vu les jeunes filles qu'il admirait tant à New York et elle savait pertinemment qu'elle ne serait jamais comme elles. Elle venait tout simplement d'un milieu noble où elle avait reçu une bonne éducation et où on lui avait enseigné la pudeur, ce qui ne lui permettrait jamais de se montrer aussi nue à la vue de tous. Elle savait qu'elle ne pourrait jamais être le genre de fille dont Score pourrait tomber amoureux.

Et pourquoi *pensait*-elle donc qu'elle devrait l'être ? Elle était fâchée contre Score, mais encore plus contre elle-même. Elle ne voulait pas être courtisée par quelqu'un d'aussi exaspérant et stupide que lui… quelqu'un aux opinions aussi arrêtées. Il la regardait de haut, la considérant comme une fille sauvage et stupide… La belle affaire ! Elle méprisait ce garçon pour son manque d'honneur et d'honnêteté au combat. Ce n'était pas un parti que toutes les filles rechercheraient. Il n'était que… son meilleur ami, dut-elle reconnaître, même si le seul fait de l'admettre la mettait en colère.

— Bon Dieu, pourquoi les filles sont-elles d'humeur si changeante ? se plaignit Score. Tu m'en veux parce que je t'ai touché le ventre et tu ne veux plus me parler. C'est ça ?

— Je n'ai rien à te dire, répondit Hélaine en essayant de se maîtriser. Et nous sommes supposés aider Pixel, au cas où tu l'aurais oublié.

— Oui, le jeune au visage bleu et aux oreilles pointues, avec une jeune fille collée à lui de façon permanente, se moqua Score.

Il lui fit un clin d'œil.

— Nous allons donc entrer en contact avec les autorités, poursuivit-il. Quel est ton plan ?

Hélaine n'en avait pas. Sur sa planète, elle serait simplement allée en parler à son père. Sur le monde de Score, il y avait toujours des agents de police aux alentours, surtout quand elle aurait préféré les éviter. Ici, il n'y avait personne. Elle étudia le problème et eut une idée.

— Pixel nous a bien dit que ces Maisons protègent leurs propriétaires. Si l'une d'elles nous voit à proximité, elle se mettra en contact avec les autorités à notre place. C'est simple, non ?

Elle commença à se diriger vers la Maison la plus proche.

— Je ne sais pas si c'est une bonne idée, lui fit remarquer Score, l'air inquiet. Si tu t'en souviens bien, par le passé, chaque fois que les gens ont appelé les policiers, nous avons fini en prison.

— Nous n'avons rien fait de mal, fit valoir Hélaine. Pourquoi nous attirerions-nous des ennuis ? Nous voulons simplement parler à une personne qui détient une certaine autorité.

— Il y a quelque chose qui cloche dans ce raisonnement, murmura Score. Je le découvrirai assez vite.

— D'accord. Entre-temps, nous faisons les choses à ma façon.

Elle alla vers la Maison.

— N'avance pas, lui dit une voix qui ressemblait exactement à celle de la Maison de Pixel. Tu n'es pas inscrite ici : si tu ne t'en vas pas immédiatement, j'appellerai la police.

— Très bien, lui dit Hélaine. Je veux voir la police. Alors, appelle-la. Je vais attendre ici et je n'essaierai pas de rentrer. Tu n'as donc rien à craindre de moi.

— Je ne te comprends pas, ronchonna la Maison.

— Tu n'es pas la seule, murmura Score.

— Appelle la police comme tu te proposais de le faire, répliqua Hélaine. Est-ce que même les Maisons refuseraient de collaborer ici ?

— La police est en route, fit remarquer la Maison.

— Bien, fit Hélaine.

Elle se tourna vers Score.

— Allons attendre les policiers sur le côté de la route, proposa-t-elle. Je ne veux pas qu'ils nous prennent pour des cambrioleurs.

— Comme tu veux, lui dit Score avec une politesse exagérée. C'est ton plan, après tout.

— Oui, déclara-t-elle. Alors, pour une fois, reste tranquille et laisse-moi parler.

Score haussa les épaules et la suivit sur le bord d'une route vide. Au bout d'une minute, elle vit apparaître quelque chose. On aurait dit l'une des voitures du monde de Score, sauf que le véhicule ne faisait pas de bruit. Deux agents en uniforme foncé étaient assis à l'intérieur, manifestement des policiers du monde de Pixel. Le véhicule s'immobilisa et les portes avant s'ouvrirent lentement.

— Ça a été très rapide, fit remarquer Hélaine aux deux agents qui descendaient de la voiture. Je souhaite parler à un responsable.

— *Nous sommes* les responsables, dit l'agente, une femme trapue, aux cheveux blonds coupés court et à la mine renfrognée. Et ce que tu souhaites est le dernier de mes soucis.

Elle jeta un coup d'œil à son partenaire, qui tenait un appareil étrange.

— Qui sont-ils ? demanda-t-elle.

— L'appareil ne me donne aucune lecture, avoua l'homme en secouant la tête. Ces gens ne portent pas de puce.

Hélaine n'était pas contente de voir que les policiers ne s'occupaient pas d'elle.

— Je m'appelle Hélaine et mon compagnon porte le nom de Score, dit-elle. Vous ne nous trouverez pas dans vos dossiers.

— Ce ne sont pas des utilisateurs, affirma l'homme. Il doit s'agir d'Automates qui se sont enfuis.

— Deux de ceux qui étaient avec Shalar Domain, devina la femme.

Le vrai nom de Pixel ! Hélaine sourit.

— Oui, nous sommes avec lui, admit-elle. Il est à la recherche de ses parents et…

— Une minute, interrompit Score en foudroyant la femme du regard. Que sais-tu au sujet de Pixel ?

L'agente ne répondit pas. Elle se contenta de prononcer quelques mots dans un appareil attaché à son poignet.

— Le groupe de Domain s'est divisé, informa-t-elle quelqu'un. Nous avons arrêté les gens qui étaient avec le garçon.

— *Arrêté* ? répéta Score. Je *savais* que je regretterais d'avoir suivi ce foutu plan.

Hélaine flaira aussitôt le danger. Quelque chose clochait vraiment ici, mais elle ignorait quoi. Elle voulut se saisir de l'une des pierres précieuses qui étaient dans sa poche afin d'exercer sa magie, mais n'y parvint pas.

Les agents sortirent un bâton court de leur poche. Un dirigea le sien vers Score, l'autre vers Hélaine. La jeune fille vit une explosion brutale d'énergie émaner du tube pointé vers elle. Pendant une seconde, elle eut l'impression que chaque nerf de son corps était en feu.

Puis, elle tomba, évanouie.

Les deux agents regardèrent les jeunes qui gisaient par terre. La femme parla à nouveau dans son transmetteur.

— Nous avons fait perdre conscience à ces deux Automates. Devons-nous poursuivre notre recherche de Domain ?

— Non, répondit le superviseur de la section neuf. Une autre patrouille s'en occupe. Êtes-vous certains que les deux fugitifs que vous venez d'arrêter ne sont pas des utilisateurs ?

— Aucun d'eux ne porte de puce, lui déclara l'agente. Ces jeunes ne semblent pas très intelligents. Il ne peut s'agir que d'Automates qui se sont enfuis.

— Je suis d'accord, admit le superviseur. Le jeune Domain doit être impliqué dans l'agitation qui règne à l'intérieur des baraquements.

Il réfléchit un moment.

— Ces deux-là ne risquent pas d'intéresser l'Esprit supérieur, poursuivit-il. Punissez-les puis renvoyez-les au travail. Ils n'ont pas d'autre utilité.

— Compris, se contenta de dire la femme.

Elle arrêta le transmetteur et regarda les deux formes affalées sur le trottoir.

— Nous ferions mieux de les amener pour les faire traiter, proposa-t-elle. Du travail, toujours du travail…

Son partenaire et elle ramassèrent les deux jeunes inconscients et les jetèrent à l'arrière de leur voiture de patrouille. Ils y montèrent ensuite et se dirigèrent vers le baraquement le plus près.

3

Pixel regardait son ancienne chambre d'un œil triste. L'ordinateur étant hors d'usage, il ne lui restait plus rien ici. Il fut peiné à l'idée qu'il avait passé douze ans dans cet endroit et que rien ne marquait sa présence. Si la réalité virtuelle comportait des avantages, elle comportait aussi des désavantages. Ce fut la douce pression de la main de Jenna sur son épaule qui le ramena à la situation présente.

— Il y a un très gros problème ici, expliqua-t-il à la jeune fille. Tous mes souvenirs me disent que mes parents étaient ici et pourtant la Maison a préféré se tuer plutôt que de me faire part de ce qui leur était arrivé. Je ne suis pas la cause du problème. Personne ne se donnerait autant de mal pour un garçon insignifiant.

— Tu n'es pas insignifiant, lui fit remarquer Jenna.

Avant qu'il puisse protester, elle secoua la tête.

— Je ne dis pas ça parce que je t'aime beaucoup, poursuivit-elle, mais parce que c'est la vérité. N'oublie pas que tu es l'un des trois magiciens susceptibles de devenir les plus puissants du Diadème.

— Dans le Diadème, protesta Pixel. Ici, sur ma planète d'attache, je ne suis qu'un utilisateur d'informatique. Je veux bien croire que je suis bon dans ce domaine-là, mais pas plus. Et personne ici ne croit en la magie. J'ai bien trouvé quelques programmes qui en parlaient mais ils étaient truqués, tout le monde le sait. Lorsque j'ai découvert que la magie était réelle, il m'a été très difficile d'accepter ce fait. Personne sur cette planète ne peut me soupçonner d'être un utilisateur de magie, puisque cet art y est en principe inconnu.

Il secoua la tête.

— Quelque chose n'est pas logique là-dedans, poursuivit-il, et je *déteste* le manque de fluidité.

— Tu ferais donc mieux de commencer à analyser tout ça, lui conseilla Jenna avec pragmatisme. C'est ton monde et, moi, j'y suis perdue. Quelle est la meilleure façon de procéder ?

— Il faut que je me rebranche, décida Pixel. Je pourrais alors trouver de l'information. Sans ordinateur, je ne peux rien faire.

— Allons donc en trouver un, suggéra Jenna.

Elle lui prit le bras et se dirigea vers la porte. La rue vide s'étalait devant eux.

— Regarde les Maisons et choisis-en une, proposa-t-elle, puisque tu as dit qu'elle avaient toutes des ordinateurs.

— Des ordinateurs qui appartiennent à des tiers, lui fit remarquer Pixel, des ordinateurs que d'autres utilisent en ce moment.

— Ta recherche est importante, lui affirma-t-elle. Emprunte un ordinateur pour quelque temps.

— Les propriétaires ne seront pas d'accord, Pixel anticipa-t-il.

— N'oublie pas que je peux pratiquer la magie, lui rappela Jenna en souriant. Et comme les gens de ta planète ne croient pas en cet art, ils n'auront aucune défense contre mes pouvoirs de persuasion.

— J'y *crois* et pourtant je suis démuni devant tes pouvoirs, avoua Pixel.

Il lui planta un baiser sur le bout du nez.

— Allons persuader quelqu'un, décida-t-il.

Il la dirigea vers la maison voisine, qui n'était qu'à un kilomètre. Il avait un peu honte de ne pas savoir qui y habitait, en dépit du fait que les habitants de cette résidence étaient ses voisins depuis longtemps. C'était un autre problème de la vie dans la réalité virtuelle.

— Vous n'êtes pas autorisés, dit la Maison dès que les deux amis s'en approchèrent. Partez immédiatement, sinon j'appellerai la police.

— Ce n'est pas nécessaire, répliqua Jenna.

Pixel prit alors conscience que la jeune fille se servait du pouvoir que lui conférait la citrine.

— Nous sommes de *grands* amis, les policiers et nous, poursuivit-elle.

— Mais bien sûr, reconnut la Maison.

La porte s'ouvrit.

— Entrez, je vous en prie, dit gentiment la Maison. Aimeriez-vous boire quelque chose ? Ça ne me prendra qu'un moment.

— C'est très aimable de ta part, lui répondit Jenna, mais ça va pour le moment. Nous aimerions par contre utiliser un ordinateur.

— Ma maîtresse est en ce moment branchée sur le sien, répondit la Maison. Je n'aime pas la déranger, mais je le ferai pour vous.

— Merci, dit Pixel.

Il avait eu peur que le fait d'interrompre la propriétaire pour prendre sa place à l'ordinateur ne soit traumatisant pour la Maison.

— De quel côté ? demanda-t-il.

La Maison était une réplique de la sienne et il se dirigea donc automatiquement vers « la » chambre qu'il avait jadis occupée.

— Tu te diriges du bon côté, lui confirma la Maison.

La porte de la pièce s'ouvrit et Pixel et Jenna y entrèrent. Le garçon remarqua vite que la chambre, à l'instar de la sienne, ne comportait qu'un lit, un placard et une chaise de lien à l'ordinateur. Une jeune fille, d'à peine quelques années de plus que Pixel, se débarrassa de son casque et, l'air décontenancée, regarda les nouveaux venus. Ses cheveux étaient très courts, ce qui lui donnait un meilleur contact avec le Net, et ses yeux étaient d'un bleu vif.

— Qu'est-ce qui se passe ? demanda-t-elle aux deux amis. Qui êtes-vous ? Que faites-vous dans notre Maison ?

Jenna exerça sa magie sur la jeune propriétaire.

— Ne t'inquiète pas, lui dit-elle d'un ton rassurant. Nous sommes des amis. Pixel ici aurait besoin d'emprunter ton ordinateur pour un court laps de temps et nous partirons ensuite.

— Ah bon, fit la jeune fille en souriant. C'est d'accord. Je m'appelle Donée.

— Et moi, Jenna.

Les deux se serrèrent la main. Jenna jeta un coup d'œil à Pixel, qui était en train de préparer le casque pour le branchement.

— Pourquoi n'allons-nous pas nous chercher quelque chose à manger ? proposa Jenna. La Maison nous a informés qu'elle pouvait nous préparer de quoi se mettre sous la dent.

Elle fit un clin d'œil à Pixel en sortant avec Donée.

Pixel était content de la manière dont Jenna s'y prenait avec la jeune fille. Il s'assit dans la chaise encore chaude, ajusta le casque sur sa tête et se brancha.

Il se sentit immédiatement en pays de connaissance. Il ne s'était pas rendu compte à quel point tout cela lui avait manqué. Après avoir passé la majeure partie de sa vie sur le Net, il était évidemment en droit de s'ennuyer d'un ordinateur. Ce fut comme s'il avait plongé dans un kaléidoscope : des couleurs, des impressions et des mouvements se précipitèrent vers lui et le dépassèrent. C'étaient les données qui entraient dans le lien. Pour y accéder, il lui suffisait d'ouvrir une séance.

— Pixel, dit-il au Net. Je veux ouvrir une séance.

Il sentit que le lien s'établissait et eut l'impression de se trouver dans une vaste bibliothèque, avec des livres sur des rayonnages aussi hauts qu'une montagne. C'était son imagination, bien entendu, et les données auraient pu prendre n'importe quelle forme. Comme il était à la recherche d'informations, il leur avait donné la forme de livres.

Il y eut un mouvement soudain et une jeune fille apparut et le regarda, à la fois surprise et contente.

— Pixel, s'exclama-t-elle. Tu es de retour ! Dieu merci ! Où étais-tu ?

— Multiplette ! s'écria le garçon.

Il arbora un grand sourire. Multiplette avait été l'une de ses meilleures amies avant qu'il ne quitte ce monde et ils avaient passé des milliers d'heures à explorer et à jouer ensemble.

— Crois-moi, si je te le racontais, tu ne me croirais pas ! poursuivit-il.

— Peu importe, je suis contente que tu sois de retour, lui avoua-t-elle.

C'était une jolie jeune fille, à la peau d'un bleu délicat. Elle n'était toutefois pas aussi belle que Jenna. Pixel se dit qu'il ne savait de toute façon pas à quoi Multiplette ressemblait *vraiment*. Elle aurait pu avoir n'importe quelle forme… Cela importait peu.

— Je vais appeler Chiffre et nous pourrons jouer ! proposa-t-elle. Tu m'as beaucoup manqué, tu sais.

Elle devait dire vrai car elle ne pouvait l'avoir retrouvé si vite qu'après avoir développé un programme qui le dépisterait dès son entrée en communication. Ça lui faisait plaisir de savoir qu'il avait une telle amie.

— Non, s'empressa-t-il de dire. J'ai des choses plus urgentes à faire. Je dois retrouver mes parents.

— Ne sont-ils pas dans leur chambre ? lui demanda-t-elle en fronçant les sourcils.

— Non, répondit-il, et rien n'indique qu'ils y aient jamais été.

Il lui raconta les derniers événements.

— Je veux donc savoir ce qui est arrivé à mes parents et où ils sont, poursuivit-il.

— C'est comme un jeu de détective, sauf que ce n'est pas un jeu, conclut-elle en souriant. Compte sur moi, je vais t'aider dans tes recherches.

Elle tapa des mains.

— C'est amusant, non ? ajouta-t-elle.

— Ce le serait si je n'étais pas inquiet, lui répondit franchement Pixel.

— Mais nous sommes deux utilisateurs futés et nous pouvons tout faire, affirma la jeune fille.

Elle réfléchit un moment.

— Connais-tu le code d'utilisateur de tes parents ? demanda-t-elle à Pixel.

Le garçon réfléchit à son tour.

— Non, dut-il reconnaître. Je n'ai jamais eu à entrer en contact avec eux ; ce sont toujours eux qui m'appelaient lorsqu'ils voulaient bavarder.

— C'est logique, admit Multiplette. Nous allons accéder à ta liste de contacts. Après avoir éliminé mon nom et celui de Chiffre, nous analyserons qui d'autre t'a appelé souvent.

Pixel sourit. Il se dit que les choses se passaient comme dans le bon vieux temps. C'était

différent de la magie et pourtant il se re-
trouvait en terrain connu, ce qui était sécuri-
sant. Il fit apparaître la liste des contacts et, en
compagnie de Multiplette, il commença à en
faire le tri.

La situation devenait de plus en plus
bizarre.

Les contacts les plus évidents étaient bien
là, même s'il n'y en avait pas eu depuis un an.
Par contre, lorsque Pixel commença à éliminer ceux qu'il connaissait, il n'en resta plus
beaucoup. Et il n'y avait rien de ses parents.

— Je ne comprends pas, confessa-t-il. Je
sais que je leur ai souvent parlé dans la réalité
virtuelle et je croyais l'avoir également fait
dans le monde réel, mais je ne retrouve *rien*
d'eux ici. Qu'est-ce qui se passe ?

— Il y a plusieurs possibilités, lui expliqua Multiplette. Il se peut que, pour une
raison quelconque, quelqu'un ait caché des
contacts.

— Pourquoi ? s'étonna Pixel.

— Pourquoi quelqu'un se serait-il donné
la peine de truquer ta rencontre avec tes
parents ? lui demanda Multiplette, avec une
logique implacable. Avant de formuler des
théories, tu devrais analyser les possibilités.

— Tu as raison, admit Pixel. Je dois être
rouillé. J'aurais dû y penser. Je suis content

que tu sois là pour me donner un coup de main.

— Je suis heureuse que tu sois de retour, lui répliqua-t-elle en souriant. Chiffre est bien gentil, mais c'est avec toi que je m'amusais le plus. J'espère que tu ne t'en iras plus jamais.

Pixel ne savait pas quoi lui répondre. Il se plaisait en la compagnie de Multiplette et il était heureux de refaire partie du Net… mais *rester* à tout jamais dans la réalité virtuelle était une autre affaire. Il avait découvert un mode de vie différent auquel il ne voulait pas renoncer. Il ne voulait surtout pas quitter Jenna ! Néanmoins, il ne savait pas comment expliquer à Multiplette que vivre dans la réalité virtuelle avait perdu presque tout son attrait pour lui. Ça avait été amusant, mais la vraie vie l'était encore plus.

Il ne dit donc rien, se concentrant plutôt sur sa recherche. Il examina ses dossiers d'appel pour voir si quelqu'un aurait pu y apporter des changements.

— Rien, conclut-il, ce qui signifie que les dossiers n'ont pas été modifiés ou qu'ils l'ont été par quelqu'un de vraiment très adroit.

— Bon, tu commences à réfléchir comme il se doit, le félicita Multiplette d'un ton admiratif. Alors, de deux choses l'une : ou ton esprit te joue des tours ou nous avons affaire à un expert en informatique. Je dirais que c'est plutôt ça.

— Moi aussi, convint-il.

Pixel refusait d'accepter que quelqu'un ait pu le manipuler à ce point.

— Ce qui veut dire qu'il nous faudra approfondir la recherche, ajouta-t-il.

Il se dirigea vers le prochain rayon de livres et en sortit un volume épais. Multiplette et lui accédèrent au bouquin, qui s'ouvrit pour les envelopper.

C'est comme s'ils étaient entrés dans la voûte d'une immense cathédrale. Des murs de pierre, sombres et oppressifs, les entouraient. De minces faisceaux de lumière éclairaient le sol. De vagues piliers s'élevaient tout autour. L'ordinateur avait pris l'expression « approfondir » au pied de la lettre ! Ils se seraient crus dans un souterrain profond, dans une tombe oubliée.

— Je n'aime pas ça, avoua Multiplette.

Elle se rapprocha de Pixel et lui saisit la main.

— Il y a quelque chose qui ne tourne pas rond ici, ajouta-t-elle.

— Je sais ce que tu veux dire, convint-il. Le mal *semblait* rôder, tapi dans l'ombre.

Avant de partir pour le Diadème, Pixel aurait pu se dire que l'étrangeté de la situation était due à la nervosité ou à l'ambiance créée par la réalité virtuelle dans le cadre du programme qu'ils exploraient. Il n'en était plus certain. Il avait rencontré le mal dans le monde réel et il savait à quoi s'en tenir. Il avait le sentiment que c'était de ça qu'il s'agissait en ce moment.

Il se montra vigilant et regarda autour de lui.

— Il n'y a rien à examiner ici, constata-t-il, l'air perplexe. Des données devraient être emmagasinées à cet endroit, mais n'y apparaissent pas. Où sont-elles passées ?

— Je ne sais pas, fit Multiplette en se rapprochant de lui.

Elle prit une grande respiration.

— Pixel, je sais que tu vas me prendre pour une poltronne, poursuivit-elle, mais j'ai *peur*. Pourtant, je sais qu'il n'y a rien ici qui pourrait me faire de mal…

— N'en sois pas si sûre, lui dit-il en lui serrant la main dans un geste de réconfort. Moi aussi, je flaire quelque chose et j'ai appris à me fier à mon instinct. J'ai le sentiment que nous courons un grave danger. Nous devrions peut-être partir d'ici.

Multiplette secoua la tête d'un geste ferme.

— J'ai peut-être peur mais je ne suis pas une lâcheuse, déclara-t-elle. Si nous partons d'ici, nous ne trouverons probablement jamais les réponses à tes questions.

— Brave petite, ne put-il s'empêcher de dire.

Il n'était pas persuadé que c'était la meilleure chose à faire, mais Multiplette avait raison. Même si elle décidait de rentrer, il continuerait seul. Le fait qu'il y ait *quelque chose* ici, alors qu'il ne devrait y avoir que des renseignements, l'encourageait à poursuivre.

Quelque chose bougea en avant des deux internautes. De l'ombre sortit une figure voilée, encore plus sombre que le reste. Pixel ne distinguait que deux yeux rouges perçants. Tout le reste n'était que noirceur.

— L'entrée ici est interdite, dit la forme d'une voix épaisse et chuchotante qui en même temps retentissait tout autour.

— Nous cherchons de l'information, indiqua Pixel.

Il essaya de se montrer brave, mais sa voix tremblait.

— Ce n'est pas l'endroit pour chercher quoi que ce soit, l'avisa la forme. Il n'y a rien ici qu'annihilation.

— Mes dossiers ont été modifiés, protesta Pixel. Je veux savoir par qui et pourquoi.

— Les réponses sont des chaînes qui t'attachent, murmura la forme. Les questions sont des ailes qui te libèrent. Elles peuvent t'emmener hors d'ici.

La conversation tournait en rond.

— Tu es un gardien quelconque, non ? réalisa Pixel. Tu empêches les gens en quête d'information d'obtenir les réponses qu'ils souhaitent.

— Il n'y a pas de réponses, lui dit la forme, du moins pas aux questions que tu poses. Rentre chez toi et contente-toi de jouer. C'est le dernier avertissement.

Pixel toucha les pierres précieuses cachées dans sa poche virtuelle. Dans le monde réel, il aurait pu se servir de ses capacités magiques mais, à l'intérieur de la réalité de l'ordinateur, ces dernières auraient-elles fonctionné ? Et même si ça avait été le cas, quel pouvoir pouvait-il exercer sur quelque chose qui n'existait pas vraiment ? Il décida d'essayer quand même. Il saisit son rubis et lui demanda mentalement quelle direction emprunter.

Le mince faisceau rouge du rubis éclaira la voûte, traçant dans la noirceur une ligne droite. La forme se recroquevilla, sifflant de douleur ou de peur. Ainsi, la magie *fonctionnait* ici ; Pixel n'était donc pas démuni !

— Que fais-tu ? lui demanda la forme, les yeux encore plus brillants.

— Les réponses sont des chaînes qui t'attachent, lui répondit Pixel d'un ton moqueur.

Il saisit son béryl en se disant que ce n'était pas une mauvaise idée. Il exerçait un contrôle sur l'air et il devait y en avoir à cet endroit puisqu'il était encore vivant. Il transforma l'air en chaînes invisibles dont il se servit pour attacher solidement la forme. Cette dernière poussa un cri et essaya de se détacher, mais n'y réussit pas, le pouvoir de Pixel étant trop grand.

— Tu ne peux pas avoir cette habileté, hurla la forme. Tu ne peux pas passer !

— Rappelle-le moi lorsque je quitterai cet endroit, lui répliqua Pixel d'un air effronté.

Tenant toujours la main de Multiplette, il dépassa à toute allure la forme impuissante.

— Comment as-tu fait ça ? lui demanda Multiplette, les yeux écarquillés.

— Par le recours à la magie, répondit-il en souriant.

Ayant maintenant le pouvoir de trouver ce qu'il cherchait, il était en pleine euphorie.

— Les réponses sont de ce côté, annonça-t-il à Multiplette. Viens.

Ils s'aventurèrent plus loin dans les canyons de pierre, et les ombres devinrent plus opaques. Pixel savait que la forme qu'il avait vaincue n'était pas le mal qu'il avait flairé. Celui-ci était en avant d'eux, attendant, réfléchissant, les évaluant. Le recours à la magie avait dû le surprendre et il était probablement en train de se demander quel danger représentaient les deux intrus.

Jenna et Pixel entendirent du bruit en avant d'eux et ralentirent, scrutant la noirceur. Une fois de plus, Pixel distingua un mouvement et eut l'impression que quelque chose de grand venait rapidement vers eux. Il n'eut pas la chance de recourir à la magie. Il eut à peine le temps de pousser Multiplette de côté, en espérant que ce qui venait en leur direction l'attaquerait en premier et que son amie virtuelle pourrait en profiter pour s'enfuir.

La bête se jeta sur eux ; Pixel se rendit alors compte que son plan avait échoué. L'attaquant était une sorte d'immense chien à trois têtes dotées d'une gueule grande ouverte, aux crocs immenses. Une tête saisit Multiplette, qui se mit à hurler, tandis qu'une autre s'empara de Pixel. La troisième émit un grondement féroce et les crocs s'enfoncèrent dans la chair du garçon. La douleur et un sentiment de désespoir envahirent le malheureux alors qu'il perdait conscience.

4

Jenna était assise dans la cuisine avec Donée, toutes deux sirotant une sorte de boisson pétillante. La paysanne appréciait la gentillesse de cette jeune fille un peu plus âgée qu'elle, mais elle avait parfois de la difficulté à la comprendre, ce qui n'était pas surprenant puisque Donée venait d'un autre monde.

— C'est tellement étrange que ton ami ait perdu ses parents, Donée était-elle en train de raconter à Jenna. Je m'entends très bien avec les miens.

Jenna eut alors une idée.

— Tu pourrais peut-être leur demander de nous aider, lui suggéra-t-elle. Ils ont une plus longue expérience des ordinateurs que

Pixel. Ils sauraient peut-être où peuvent être d'autres adultes.

— Oh oui ! fit Donée en hochant la tête avec enthousiasme. Je suis certaine qu'ils pourront nous donner un coup de main. Même s'ils sont *vieux*, ils sont très modernes.

Elle leva la tête.

— Maison, pourrais-tu réveiller mes parents ? demanda-t-elle.

— Je ne suis pas en mesure d'accéder à ta requête, répondit la Maison.

Donée prit un air désorienté tandis que Jenna, elle, envisageait une hypothèse angoissante.

— Maison, s'enquit-elle, les parents de Donée sont-ils dans la maison en ce moment ?

— Ils n'ont jamais été ici, répondit la Maison.

— C'est impossible ! s'exclama Donée. *Bien sûr* qu'ils sont là ! Je bavarde avec eux tout le temps.

— Non, lui révéla Jenna, tu *t'imagines* seulement que tu le fais.

Elle se dirigea vers la chambre de la Maison qui aurait dû être celle des parents. Comme elle l'avait supposé, la chambre était complètement vide.

— Je ne comprends pas, gémit Donée.

— Moi, je commence à saisir de quoi il en retourne, s'empressa de dire Jenna. Quelles sont les chances que *deux* personnes croient que leurs parents vivent avec elles alors que ce n'est pas le cas ? Et Pixel et toi, vous semblez tous les deux être enfants uniques. Tu n'as ni frères ni sœurs, non ?

— C'est vrai, concéda Donée. Crois-tu qu'il y a un lien entre ces similitudes ?

— La seule façon de le savoir, fit Jenna, c'est d'aller à une autre Maison et de voir qui y habite.

Elle se dirigea vers la porte.

— Sortir ! s'exclama Donée, l'air terrifiée. Sortir de la Maison ?

— Tu devrais élargir ton horizon, lui conseilla Jenna.

Pendant que Pixel était dans la réalité virtuelle, elle aurait besoin de l'aide d'une personne originaire de cette planète et elle ne connaissait que Donée. Il lui fallait convaincre la jeune fille de l'accompagner.

— Le monde réel est beaucoup plus agréable que le monde virtuel, poursuivit-elle.

Elle espérait que ce soit vrai. Ce devait l'être puisque Pixel en semblait convaincu. Elle n'avait, quant à elle, jamais fait l'expérience de la réalité virtuelle et ne pouvait donc pas parler en connaissance de cause.

— Mais… aller à l'extérieur ? murmura Donée, d'une voix qui laissait transparaître une peur bleue.

Jenna se servit de sa magie pour la convaincre.

— Tu vas aimer l'expérience, je te le garantis, l'assura-t-elle. Et tu veux savoir où sont tes parents, non ?

— Oui, s'empressa de répondre la jeune fille.

Elle semblait maintenant plus résolue.

— Bon, je t'accompagne, poursuivit-elle avec la mine de quelqu'un qui marche vers l'échafaud. Sortons.

— Détends-toi, la rassura Jenna. C'est agréable dehors. Viens.

Elles sortirent et Donée prit une mine déçue.

— Tout ça a l'air un peu… morne, constata-t-elle.

— Oui, concéda Jenna. Il faudrait que tu sortes plus souvent et que tu plantes des fleurs et peut-être un arbuste ou deux.

— Oui, un peu de couleur changerait le paysage, admit Donée en jetant un coup d'œil autour d'elle. Ça a l'air ennuyant. Que fait-on maintenant ?

— Choisis une Maison, lui indiqua Jenna, n'importe quelle.

Donée haussa les épaules et pointa du doigt vers une Maison située un peu plus loin.

— Celle-là convient-elle ? demanda la jeune fille.

— Allons voir, répondit Jenna.

Elle prit les devants et s'arrêta devant la porte.

— Des intrus ! cria la Maison. Je vais appeler la police !

— Ce n'est pas nécessaire, l'assura Jenna, se servant encore une fois de sa magie. Nous sommes des gens gentils et amicaux. Tu nous aimes bien, non ?

— Bien sûr, affirma la Maison. Que puis-je faire pour vous aider ?

— Nous aimerions parler à un adulte de la Maison, précisa Jenna.

Il y eut une courte pause.

— Il n'y a pas d'adultes à l'intérieur, répondit la Maison.

— Seulement un adolescent, non ? s'informa Jenna.

— C'est exact, répondit la Maison.

Jenna exulta tout en se sentant angoissée.

— Mon idée semble bonne, dit-elle lentement. Ces Maisons ne logent que des adolescents. Les parents sont inexistants même si vous pensez tous qu'ils sont là. Ce n'est que de la simulation.

— Mais pourquoi ? demanda Donée. Rien n'a du sens.

— Je suis d'accord, lui répondit Jenna, tout en réfléchissant. Qui pourrait imaginer un monde où les adolescents sont gardés dans des cocons informatisés, où tout leur est fourni, y compris des souvenirs de parents qui ne semblent pas exister... Celui qui a créé cet endroit veut manifestement que les ados y vivent en étant continuellement branchés à leur ordinateur. Je ne comprends pas ce qui se passe.

— Moi non plus, avoua Donée. Tout cela n'a pas de sens.

Une larme glissa le long de sa joue.

— Je veux mes parents, murmura la jeune fille d'une voix suppliante.

— Les gens que tu croyais être tes parents n'existent peut-être pas, lui dit doucement Jenna. Il est possible qu'ils ne soient qu'une illusion créée pour te rendre heureuse. Il n'y aurait qu'une explication possible : les autorités en sont responsables. Si les adolescents sont tous dans la même situation, ce ne peut être une coïncidence. Cela veut dire que quelqu'un a élaboré un vaste plan pour une raison très précise.

— Mais qu'est-ce que c'est ? demanda avec insistance Donée.

— Je ne le sais pas, déclara Jenna. Ce n'est pas mon monde et je ne saurais par où commencer pour trouver des explications. Pixel, lui, le saurait. Nous devons le réveiller et lui faire part de ce que nous avons trouvé. Il saura percer ce mystère ; c'est la personne la plus intelligente que je connaisse.

Les deux filles prirent le chemin de retour vers la Maison de Donée. Jenna sentit un mouvement et se retourna. Deux véhicules qui avançaient sans être traînés par des chevaux se rapprochaient.

— Qui est-ce ? demanda Jenna.

— Les policiers, probablement, répondit Donée. La Maison a dû les appeler quand même.

— Non, fit Jenna d'une voix assurée. Je l'ai convaincue que nous étions des amis. Elle n'aurait pas appelé la police. Ces agents doivent être ici pour une autre raison, qui ne peut être que notre présence.

— Que devons-nous faire ? s'informa Donée.

Elle était peut-être plus âgée que Jenna, mais elle était complètement perdue dans le monde réel.

— Nous avons trois choix, conclut Jenna : nous cacher, nous battre ou nous rendre. Il est probablement trop tard pour nous cacher et trop dangereux de nous battre en ce moment. Il ne nous reste donc qu'à nous rendre.

— Mais nous n'avons rien fait de mal, protesta Donée. Ce n'est pas contraire à la loi de sortir.

— Il n'est pas nécessaire de passer des lois contre les choses que les gens ne sont pas supposés être en mesure de faire, lui fit valoir Jenna. Tu découvriras peut-être qu'il y a beaucoup de réalités que tu ne connaissais pas au sujet de ton monde.

Les voitures de police s'étaient arrêtées et plusieurs agents en uniforme en sortirent. Deux se dirigèrent vers la maison de Donée, manifestement à la recherche de Pixel. Deux autres s'approchèrent des filles, qui étaient là, à attendre.

— Venez avec nous, leur ordonna le plus grand des agents.

— Où ? demanda Donée en se recroque-villant comme si elle essayait de se cacher derrière Jenna, qui était plus petite qu'elle. Nous n'avons rien fait de mal.

— Nous ne vous avons accusées de rien, lui riposta l'agent d'un ton bourru. Par contre, je vous avertis que vous enfreindrez la loi si vous ne nous obéissez pas à l'instant.

— Loin de nous l'idée de contrevenir aux règlements, affirma Jenna doucement, essayant sa magie sur les policiers. Nous sommes en fait des personnes très amicales.

— Alors, vous ne verrez pas d'inconvénient à faire ce que nous vous ordonnons, conclua une agente qui faisait partie du groupe de policiers. Montez dans la voiture.

Jenna obéit, suivie de Donée qui tremblait. La paysanne entoura les épaules de la jeune fille d'un bras protecteur.

— Ne crains rien, la rassura-t-elle. Ils seront gentils avec nous.

Après tout, elle était capable de les y obliger.

— Et ils nous emmènent à un endroit où nous pourrons obtenir des réponses, poursuivit-elle. Tu veux savoir ce qui est advenu à tes parents, non ?

— Oui, convint Donée.

Elle s'essuya le nez du revers de la main et essaya de se redresser.

— Je serai brave, je te le promets, réussit-elle à dire.

Jenna, qui observait la Maison de Donée, se raidit sous le choc lorsqu'elle vit les deux agents qui s'y trouvaient en ressortir en portant Pixel.

— Que lui avez-vous fait ? grommela-t-elle, d'une voix empreinte de crainte.

L'agente qui se tenait près de la voiture prit la parole.

— Il a reçu un coup de matraque électronique, expliqua-t-elle. Il est entré dans une zone interdite du Net et a dû être immobilisé. Ne t'inquiète pas, il va s'en remettre.

— À temps pour être inculpé de nombreuses infractions, ajouta son partenaire d'un ton bourru. Ne te montre pas trop indulgente avec ces jeunes. Souviens-toi qu'ils ont enfreint la loi.

— Mais vous nous avez dit que nous n'avions rien fait de mal, lui fit remarquer Jenna.

En dépit de la déclaration de la femme, elle s'inquiétait encore au sujet de Pixel. Elle se disait que les agents étaient armés et que ses capacités magiques étaient limitées, ces dernières n'étant pas aussi grandes sur ce monde qu'elle l'aurait souhaité.

— Pas à notre connaissance, grommela l'homme.

— Ne connaissez-vous pas toutes les lois ? s'informa Jenna.

— Personne, sauf les superviseurs, ne connaît *toutes* les lois, précisa l'agente.

Même Donée sentait que quelque chose clochait ici. Elle se tira de sa prostration.

— Ça n'a pas de sens ! s'écria-t-elle. Si votre travail est d'appliquer les lois, ne devriez-*vous* pas les connaître toutes ?

— *Notre* rôle est d'obéir aux ordres, répliqua l'homme d'un ton belliqueux.

Pour empêcher Donée de protester, Jenna lui posa la main sur le bras.

— Ils ne sont pas ici pour appliquer la loi, lui dit-elle à voix basse. Ils sont ici pour faire ce qu'on leur a ordonné. J'ai bien peur qu'ils n'en sachent pas beaucoup plus que nous à ce sujet.

Elle regarda attentivement les agents qui plaçaient Pixel dans l'autre voiture et, à son soulagement, constata qu'il ne semblait qu'évanoui. C'était à première vue une société très malveillante. Jenna se dit qu'en prétendant être naïve et sans défense elle réussirait à découvrir quelque chose. Elle était résolue à faire payer la personne qui avait fait ça à Pixel.

Les agents grimpèrent dans le véhicule, qui se mit en marche. Donée, terrifiée, chercha du réconfort auprès de Jenna en lui saisissant la main. La paysanne se sentait coupable d'avoir entraîné la jeune fille dans cette aventure. Par contre, le fait d'avoir à ses côtés une amie, quelque récente fût-elle, la réconfortait.

— Où nous emmenez-vous ? s'informa Donée.

Malgré sa peur, elle essayait de rester calme. Jenna réalisa que cette jeune fille était en fait très courageuse de ne paniquer qu'à peine en se retrouvant pour la première fois dans le monde réel.

— À la section neuf, lui répondit l'agente.

Elle était plus gentille que le policier qui avait pris place dans la voiture, ce dernier se contentant de conduire le véhicule, sans plus. Comme toutes les personnes que Jenna avait rencontrées sur cette planète, l'agente avait une peau bleue et des oreilles pointues. Par contre, elle avait des cheveux très blonds et une apparence plutôt agréable.

— Qu'est-ce que la section neuf ? demanda Donée.

— Cesse de poser des questions, lui répondit l'agent d'un ton cassant. Tu n'as pas le droit de recevoir de réponses. En fait, tu n'as droit à rien.

Il foudroya sa compagne du regard.

— Il n'est pas nécessaire de te montrer gentille envers des contrevenantes, lui fit-il remarquer.

— Vous ne savez pas si nous sommes des contrevenantes, lui rappela doucement Jenna. Vous n'êtes même pas au courant des lois que nous avons supposément enfreintes. Ce pourrait être une erreur tout simplement.

Elle se servait de sa magie pour donner de la crédibilité à sa suggestion et gagner ainsi la police à sa cause.

— Les superviseurs ne font pas d'erreurs, s'empressa de dire l'agent en secouant la tête.

La magie n'avait aucune emprise sur lui ! Jenna avait de la misère à y croire. Il devait bien y avoir une raison.

— Alors, ces superviseurs ne peuvent pas faire partie de la race humaine, finit-elle par déclarer, car tous les humains font des erreurs.

— Pas les superviseurs, insista l'agent. Ils ne peuvent pas se tromper car ils tirent leurs renseignements du Net.

Donée soupira et s'affaissa dans son siège.

— Le Net ne se trompe jamais, confia-t-elle à Jenna. Il contient toute l'information du monde.

— Mais cette information doit inévitablement provenir de *quelque part*, lui fit observer Jenna. Elle pourrait donc être fausse sans que le Net le sache.

— Tu es une fille vraiment bizarre, lui dit l'agente. Tu ne sembles pas du tout au courant de nos coutumes.

Jenna ne comprenait rien à la situation.

— J'ai également une peau rose et non bleue, lui fit-elle remarquer. Et mes oreilles sont rondes au lieu d'être pointues. Est-ce que ça te dit quelque chose ?

— Tu n'es pas responsable de ton apparence, lui signala l'agente. J'espère simplement que tu n'essaieras pas d'imputer ton comportement criminel à ta laideur.

Jenna devint écarlate en entendant cette insulte gratuite.

— Ce n'est pas ce que je voulais dire, grommela-t-elle. Ne te rends-tu pas compte que je ne suis pas comme vous ? Je ne comprends pas ce qui se passe sur cette planète parce que je n'y ai jamais habité.

L'agent émit un grognement.

— Tu veux nous faire croire que tu es une extraterrestre ? demanda-t-il à Jenna. Où est ton vaisseau spatial dans ce cas ? Il est garé derrière l'une des Maisons ?

— Je n'ai pas de vaisseau spatial et je ne sais même pas ce que c'est, riposta-t-elle. Je me suis servie de la magie pour arriver ici.

— Tu devrais peut-être t'en servir pour rentrer chez toi dans ce cas, se moqua l'homme, mettant manifestement en doute la déclaration de Jenna.

— Pas avant de retrouver mon ami et de savoir ce qui est arrivé à ses parents, répliqua la paysanne.

— Ses parents ! s'étonna l'agent, l'air décontenancé. Si quelque chose leur était arrivé, les superviseurs l'auraient su.

— Ils ont disparu, révéla Jenna.

— Les miens aussi, ajouta Donée. Je ne les trouve nulle part.

La femme semblait perplexe.

— Mais pourquoi voulez-vous retrouver les parents disparus ? Que peuvent-ils vous donner de plus que ce que vous trouvez sur le Net.

— De l'amour, dit Jenna d'un ton ferme.

— C'est une émotion injustifiable, précisa la femme. Allez-vous ensuite me demander de m'occuper de mes propres enfants ?

Jenna fut parcourue d'un frisson.

— Tu as des enfants ? demanda-t-elle.

— Bien sûr, c'est la loi. Toutes les femmes doivent en avoir deux.

— Et tu ne t'intéresses pas à eux ? s'étonna Jenna, qui trouvait cette société de plus en plus pourrie.

— On s'occupe d'eux bien mieux que je le pourrais, se défendit l'agente en haussant les épaules. Mes enfants n'ont pas besoin de moi et je n'ai pas besoin d'eux. Pourquoi cette question t'intéresse-t-elle tant ?

Jenna réalisa que l'attitude de cette femme était courante sur ce monde et qu'elle n'avait aucune raison de s'attendre à ce que les choses en soient autrement pour les autres adultes. Pixel aurait sûrement un grand choc et serait sans doute très malheureux s'il devait un jour découvrir que ses parents ne se soucient aucunement de lui.

Comment une société pouvait-elle vivre ainsi ? Jenna se demanda qu'est-ce qu'elle pouvait bien faire pour aider Pixel. Elle était complètement dépassée par les événements et sa magie n'avait aucun effet sur les gens qui vivaient ici…

5

Score se tourna sur le côté en gémissant. Il avait l'impression que quelqu'un l'avait maintenu pendant que des licornes hostiles lui donnaient des coups de pied répétés. Son corps était raide et lui faisait très mal. Que lui était-il arrivé ? Le souvenir de ce qui s'était passé lui revint à la mémoire. Les policiers... ils s'étaient servis sur Hélaine et lui d'une sorte de *taser*...

Hélaine ! Où était-elle ? À bien y penser, où était-il ? Il ouvrit les yeux et les plissa aussitôt, aveuglé par la lumière intense. Au bout d'un moment, ses yeux s'adaptèrent à l'éclairage et il put distinguer les alentours. Il était à l'intérieur d'une cellule aux murs métalliques, la pièce ne comportant qu'une saillie sur laquelle il était couché. À une extrémité, il y avait des barreaux… rien d'autre. Il n'apercevait même pas une fenêtre… et encore moins Hélaine.

Lorsqu'il eut repris assez de force, il s'assit et parvint ensuite à se lever. Il avait mal partout et ses muscles tremblaient encore de l'effet de la décharge qu'il avait reçue. En se concentrant, il réussit à contrôler le tremblement. Il se dirigea en trébuchant vers les barreaux pour voir ce qu'il y avait dehors.

Il aperçut un couloir et d'autres cellules. Il supposa qu'Hélaine se trouvait dans l'une d'entre elles.

— Hélaine ! cria-t-il, inquiet.

Sa voix était dolente et chevrotante, ce qui ne le surprit pas.

— Hélaine !

Il entendit des pas et vit apparaître un vieil homme en combinaison.

— Reste tranquille, lui dit ce dernier d'un ton hargneux. Tu es déjà sous le coup d'une punition, veux-tu en plus souffrir ?

— Trop tard, c'est déjà fait, lui rétorqua Score. Où suis-je ? Où est mon amie Hélaine ?

— Tu as l'air de croire que tu as le droit de poser des questions, répondit le vieil homme en grognant. Pour ta gouverne, tu n'as pas le droit d'en poser. En fait, tu n'as aucun droit. Fais ce qu'on te dit si tu veux rester en vie.

— Cet endroit commence à m'énerver, murmura Score, je ne resterai peut-être pas à dîner.

Il glissa la main dans sa poche pour y prendre une de ses pierres précieuses, mais sa poche était vide. Il n'en fut pas trop surpris. Après tout, il aurait été improbable qu'on l'enferme dans une cellule avec une fortune en pierres précieuses sur lui.

— Bon, où sont mes possessions ? demanda-t-il à l'homme.

— Tu sembles bien stupide, répliqua ce dernier en sortant de sa poche un tube-pistolet. Vas-tu te taire ou dois-je te punir une autre fois ?

Score ne voulait surtout pas recevoir une autre décharge de *taser*. Il leva les mains.

— J'arrête de parler tout de suite, promit-il.

Il retourna à la saillie et se rassit. En fait, il était bien content de ne plus être debout, car il n'était pas encore très solide sur ses jambes. L'homme à l'extérieur se calma et Score l'entendit partir.

Que faire maintenant ? Score s'inquiétait beaucoup au sujet d'Hélaine. Son amie était peut-être encore inconsciente mais, si elle s'était réveillée, il était certain qu'elle menaçait déjà d'une mort violente tout le monde autour d'elle. Elle serait alors punie, ce qui la mettrait encore plus de mauvaise humeur. Le garçon se dit qu'il lui fallait trouver un moyen de s'évader avant qu'Hélaine ne se réveille, car il ne voulait pas la voir souffrir à nouveau.

Par contre, il ne serait pas facile pour lui de s'évader. Il n'avait plus en sa possession les pierres précieuses qui intensifiaient ses pouvoirs, des pouvoirs affaiblis par son éloignement du centre du Diadème. La décharge qu'il avait reçue le faisait encore trembler. Malgré tout, il était toujours un utilisateur de magie et il ne resterait pas ici une seconde de plus que ce n'était nécessaire. Il lui fallait se concentrer ! Il pourrait faire apparaître une boule de feu, mais il doutait que celle-ci puisse agir sur autant de métal. De toute façon, le vieil homme était une sorte de gardien et il remarquerait sûrement les flammes. Score dut donc abandonner cette idée. Que pouvait-il faire d'autre ?

La transformation de la nature des choses constituait son pouvoir magique le plus fort, et ses capacités dans le domaine étaient susceptibles de lui être très utiles. Il lui suffisait de transformer le métal des barreaux de sa cellule en… oxygène par exemple. Il pourrait ensuite tout simplement sortir de là… et s'exposer immédiatement aux tirs de pistolet du gardien.

Non, ce n'était pas une bonne idée. Il lui fallait commencer par le principal, c'est-à-dire la neutralisation du gardien, ce qui devrait être une tâche assez simple puisqu'il lui suffirait de transformer en gaz anesthésiant l'air qui flottait autour de la tête du geôlier. Bon, il avait enfin un plan ! Il se rapprocha des barreaux et regarda dehors. Il ne distinguait pas à plus de cinq mètres dans chaque direction et il n'y avait aucun signe du gardien. Il lui fallait donc attirer l'attention de ce dernier.

« C'est toujours quand on a besoin d'une tasse de métal qu'on n'en trouve pas », grommela-t-il en son for intérieur. Dans les films qu'il avait vus, les prisonniers avaient toujours une tasse dont ils pouvaient se servir pour frapper les barreaux et attirer ainsi l'attention des geôliers. Il serait obligé de recourir à un autre subterfuge pour se faire remarquer par le gardien.

— Hélaine, cria-t-il, Hélaine, grosse paresseuse, dors-tu encore ? Hélaine !

Le gardien accourut en effet, le visage rouge de colère et le pistolet en main.

— Tu as vraiment besoin d'une leçon, lui dit-il en pointant le pistolet en sa direction.

Score se recroquevilla, s'attendant à s'évanouir sous l'effet de la décharge. Une expression perplexe se peignit sur le visage de l'homme, qui s'écroula. Score poussa un soupir de soulagement ; le gaz avait fonctionné à temps.

Le garçon s'attaqua aux barreaux. Un verrou, placé du côté gauche, maintenait la porte en place et il lui fallait donc commencer par là. Il se concentra sur le métal, le transformant en oxygène. Toutefois, sa grande faiblesse réduisait considérablement son pouvoir. Il voyait la magie opérer, mais trop lentement à son goût. Il transpirait, se demandant de combien de temps il disposait avant que la disparition du gardien ne soit remarquée. Ne le sachant pas, il se fiait entièrement à sa chance, en allant aussi vite qu'il le pouvait.

Au bout de ce qui lui sembla être des heures, mais qui n'était en fait que quinze minutes, il vit le verrou se désagréger et parvint à ouvrir la porte. Il s'assura que le gardien était toujours endormi et lui prit son arme, qui était en fait un tube vide avec une poignée et une détente à une extrémité. Ce drôle de machin devrait être assez simple d'utilisation si jamais il devenait nécessaire. Score le glissa dans la ceinture de son pantalon et partit à la recherche d'Hélaine.

Son amie qui se trouvait dans la troisième cellule était — comme il s'y attendait —, toujours évanouie. Endormie, elle avait l'air tellement jolie et vulnérable ! Score était soulagé ; il avait été presque certain de la trouver ici, mais on aurait quand même pu les séparer pour une raison quelconque. Comment allait-il donc ouvrir la porte ?

Il retourna vers le gardien, toujours inconscient, et lui fouilla les poches sans rien y trouver qui ressemblait à une clé. Score se dit qu'il pouvait toujours transformer le verrou, mais cette opération prendrait du temps et il n'était pas sûr d'en avoir assez. La clé se trouvait bien quelque part. Le gardien était arrivé par le corridor à sa gauche ; ce foutu passage devait donc mener à un bureau ou à une aire de repos. C'est là qu'était probablement rangée la clé ! Après s'être assuré qu'Hélaine continuait de dormir paisiblement, il emprunta à la hâte le couloir qui, à l'extrémité, tournait à droite.

Il ne devait pas y avoir de second gardien, se dit Score, car, s'il y en avait eu un, il serait déjà venu voir ce qui était arrivé à son collègue. Préférant ne pas prendre de chance, le garçon sortit son arme, le doigt sur la détente, ce qui ne l'avança pas à grand-chose.

Trois geôliers l'attendaient, le pistolet à la main. L'un d'eux, un homme plutôt majestueux à la mine renfrognée, prit la parole.

— À ta place, je n'essaierais pas de résister, avertit-il Score.

— C'est un sage conseil, concéda le garçon en lançant son pistolet par terre.

— Comment donc as-tu fait pour réussir à sortir de ta cellule, lui demanda le gardien.

Il surveillait Score pendant que les deux autres s'avançaient pour le fouiller. Ces derniers ne trouvèrent bien entendu rien.

— Vous ne me croiriez pas si je vous le disais, fit remarquer Score. Mais comment se fait-il que vous m'attendiez ?

Le gardien signala le plafond. Score leva les yeux et vit une petite boîte, pratiquement invisible.

— Nous surveillons les cellules, répondit le gardien. Nous aurions pu te sauter dessus tout de suite, mais il était plus sûr et moins exigeant de te laisser venir à nous.

— Et moi qui me disais que vous étiez devenus gros à force de manger des beignes, murmura Score. Et maintenant ?

— Tu viens de nous démontrer que tu ne te conduirais jamais de façon raisonnable, lui indiqua le gardien. Il va falloir te maîtriser.

L'homme réfléchit un moment.

— J'imagine que la jolie jeune fille qui t'accompagnait a le même tempérament fougueux.

— Non, répondit Score. Elle est beaucoup plus violente.

— Vraiment ! s'étonna le gardien en regardant ses deux compagnons. Nous devrons dans ce cas l'immobiliser elle aussi. Allez la chercher.

Score aurait souhaité être en mesure d'intervenir. Il pourrait essayer la ruse du gaz anesthésiant à nouveau, mais il lui était impossible de s'en prendre aux trois à la fois. « Si l'un d'eux s'évanouit sans raison apparente, se dit-il, les deux autres vont penser que c'est de ma faute et utiliser leur pistolet. » Il eut beau se creuser la cervelle, il ne parvint pas à trouver une simple incantation magique qui les anéantirait tous les trois ensemble.

Deux des gardiens avaient disparu dans le couloir et Score entendit le son d'une porte qui s'ouvrait. Un moment plus tard, il perçut deux bruits sourds et sut qu'Hélaine s'était réveillée. Il ne lui restait donc qu'un gardien à mettre hors combat. Il transforma alors en gaz anesthésiant une bulle de gaz autour de la tête du gros bonhomme et attendit.

Hélaine apparut, l'air plutôt gaie. Donner des coups lui remontait toujours le moral. Score, qui attendait que le gros gardien s'effondre avant de la saluer, fut surpris de sentir que quelqu'un lui serrait la gorge. Le pistolet du geôlier était pointé sur sa tempe.

— Je te suggère de te tenir tranquille, conseilla l'homme à Hélaine. Tu sais ce que ces armes peuvent faire de loin. Imagine ce qui arriverait si je tirais à bout portant sur ton camarade.

Hélaine ne bougea pas, puis soupira.

— Score, comment se fait-il que tu ne sois pas capable de mettre hors combat un seul gardien ? demanda-t-elle.

— Je l'ai attaqué au gaz anesthésiant, répliqua-t-il, mais ça n'a pas fonctionné.

— Du gaz ? demanda le gardien, amusé. Je pensais bien que c'était ce que tu avais utilisé la première fois et j'ai mis un filtre nasal.

Score se dit qu'il avait été vraiment stupide d'utiliser la même ruse deux fois. Le gardien était peut-être gros et paresseux, mais il était loin d'être stupide. Il sourit de nouveau à Hélaine.

— À ta place, je me rendrais, lui conseilla-t-il. J'espère que tu n'as pas fait trop mal à mes hommes.

— Ils auront mal à la tête lorsqu'ils reprendront conscience, reconnut Hélaine.

Score émit un grognement.

— Penses-tu être capable de la battre ? demanda-t-il au gardien. Je pourrais me contenter d'observer la scène.

— Je suis certain que tu aimerais que je me mesure à elle alors que tu ferais office de spectateur, répliqua le gardien en lâchant le cou du garçon. Je te suggère plutôt d'aller la rejoindre. Le pistolet restera pointé sur vous deux et je ne vous conseille pas d'essayer d'autres trucs.

Tandis que Score se dirigeait vers Hélaine, le gros gardien recula vers son bureau où il pitonna quelques boutons sans baisser les yeux. Il ne voulait pas courir de risque.

— Ce n'est pas notre moment le plus glorieux, chuchota Score à Hélaine.

— Parle pour toi-même, lui répliqua-t-elle.

Elle paraissait ennuyée, ce qui n'était pas surprenant. Elle était probablement mécontente de son compagnon, mais peut-être aussi était-elle fâchée contre elle de ne pas avoir réussi à recouvrer sa liberté. Elle pouvait être bizarre des fois.

— Si je ne m'étais pas inquiétée pour toi, je me serais enfuie, fit-elle remarquer à Score.

— Tu y serais parvenue, convint-il. Je te bloque, n'est-ce pas ?

Elle lui jeta un regard étrange.

— Pas d'habitude, non. Mais cette situation est… insolite. Je ne comprends pas ce monde.

— Moi non plus, avoua Score, mais certains aspects s'éclaircissent dans mon esprit.

— Vraiment ! s'étonna-t-elle. Lesquels ?

— Voyons si je peux faire la lumière sur la situation, annonça le garçon.

Il fit un grand sourire au geôlier.

— Écoute, le gros, dis-moi, l'apparence qu'on a, cette fille et moi, ne te surprend-elle pas ?

Le gardien se contenta de hausser les épaules.

— En tant que prisonniers, fit-il remarquer, vous nous donnez plus de fil à retordre que les autres, mais nous allons arranger ça.

— N'as-tu *rien* remarqué d'inhabituel à notre sujet ? demanda Score en roulant des yeux. Laisse-moi te donner un indice : nous n'avons pas la peau bleue.

— Et puis ! se contenta de dire le gardien.

— Et nous sommes en mesure de pratiquer la magie, poursuivit Score.

— La magie n'existe pas, riposta le gardien d'un ton ferme.

— Vraiment ? fit Score en souriant à nouveau. Comment expliques-tu le fait que je t'aie attaqué au gaz sans avoir sur moi un réservoir en contenant ? Ou que j'aie réussi à faire fondre le verrou de ma cellule ?

— Je n'ai rien à expliquer, déclara le gardien en haussant de nouveau les épaules. La façon dont tu t'y es pris importe peu. Je dois voir à ce que tu ne le refasses pas.

Score se tourna vers Hélaine.

— Tu vois ? lui dit-il.

— Mais ça n'a pas de sens, répliqua-t-elle en secouant la tête.

— Exactement, ajouta Score en souriant d'un air triomphant, certain d'avoir raison. Cet homme n'a aucune imagination. Le fait que nous venions manifestement d'une autre planète ne l'intéresse pas. L'idée que nous soyons en mesure de pratiquer la magie ne fait aucune différence pour lui. Il a reçu des ordres et il les suit sans poser de questions.

Hélaine commençait à comprendre.

— Veux-tu dire que c'est un simple esclave ? demanda-t-elle à son ami.

— Non, répondit-il. En fait, il s'agit d'un esclave très complexe.

Score avait bien réfléchi à tout ça. « Pixel aurait bien entendu compris plus rapidement, se dit-il, mais tout est en train de s'éclaircir dans mon esprit. »

— L'ordinateur est la clé, annonça-t-il à Hélaine.

Il grimaça lorsqu'il vit qu'elle avait l'air dépassée par les événements.

— Je sais que les choses sont difficiles à comprendre pour toi, lui avoua-t-il. Alors, je t'explique. Un ordinateur, c'est une machine très rudimentaire exploitée par un système très simple. On l'allume ou on l'éteint. Oui ou non. Une chose ou son contraire. Et c'est comme ça que ces gens se comportent. Toi et moi ne sommes pas des utilisateurs ; nous devons donc être des Automates. C'est la logique pure et simple. Les extraterrestres n'existent pas et nous ne pouvons donc pas venir d'une autre planète même si notre apparence est pour le moins insolite.

Hélaine hocha la tête, ayant enfin saisi.

— Ce gardien est incapable de penser par lui-même, conclut-elle. Il ne tient pas compte de tout ce qui ne fait pas partie de son champ d'expérience.

— C'est en plein ça, admit Score en souriant. Par contre, nous, nous pouvons traiter les renseignements qui ne font pas partie de notre champ d'expérience et les analyser. Nous devrions être en mesure de dominer cet homme.

— Et pourtant, c'est lui qui détient une arme et c'est nous qui sommes les captifs, fit remarquer Hélaine en soupirant.

— Ce n'est qu'un détail, l'assura Score. Nous serons en mesure de maîtriser sous peu la situation.

— J'en doute, dit le gardien d'un ton joyeux.

Une porte dans le mur s'ouvrit, laissant passer deux hommes portant de petits paquets. Le gardien les dirigea d'un geste vers Score et Hélaine. Il les accompagna, le pistolet toujours pointé vers les deux jeunes.

Score observait les nouveaux arrivants avec méfiance. Les deux hommes ouvrirent les colis qu'ils transportaient et en sortirent chacun un serre-tête métallique doté d'un filet et, à une extrémité, d'une petite boîte contenant un minuscule panneau de configuration. Ils mirent un serre-tête à chacun des deux jeunes, entrèrent un code au panneau et s'écartèrent.

Le gros gardien sourit encore une fois d'un air joyeux.

— Bon, vous êtes maintenant immobilisés, dit-il à ses prisonniers.

— Nous le sommes ? demanda Score d'un air surpris.

— Oui, essaie d'enlever le mécanisme de retenue, le défia le gardien.

Score essaya de porter la main au serre-tête.

Une douleur intolérable se répandit dans tout son corps et le fit s'écrouler par terre, se tordant. Score avait l'impression que son corps était dans une fournaise. La douleur prit beaucoup de temps à s'atténuer ; lorsque le malheureux garçon put se coucher sur le dos, il vit sourire le gardien penché sur lui. Il s'aperçut qu'Hélaine, à côté de lui, était dans le même piteux état.

— Maintenant, vous savez à quoi sert le serre-tête, lui expliqua le gardien. Vous ressentirez la même douleur si vous envisagez seulement d'enlever ces équipements. Il en ira de même si vous désobéissez à un ordre que nous vous donnerons. Votre seul espoir est de faire *exactement* ce que nous vous disons. Nous vous emmenons maintenant au baraquement où vous deviendrez des membres productifs de notre société.

Son sourire s'élargit.

— Si toutefois vous ne le devenez pas, ajouta-t-il, vous serez très bientôt des épaves humaines.

Score le regardait, rempli d'horreur. Il était dans une situation sans issue. S'il essayait de convertir le métal du serre-tête en gaz, la section du mécanisme capable de lire ses pensées déterminerait qu'il s'agit d'une tentative d'évasion et lui enverrait une décharge. Son corps tremblait encore de la dernière expérience du genre qu'il avait vécue et il n'avait pas l'intention de subir une autre attaque.

Hélaine et lui étaient tous deux réduits à l'esclavage, pour toujours….

6

Hélaine n'avait jamais été aussi déprimée de sa vie ; elle l'était encore plus que lorsque son père avait voulu la marier à un imbécile. Elle, une fille de la maison des Votrin, était obligée de travailler dans les champs comme une serve.

Score, bien entendu, ne comprenait pas.

— Qu'est-ce que tu as ? chuchota-t-il à l'oreille d'Hélaine, alors qu'ils étaient agenouillés en train d'arracher les mauvaises herbes. Je ne t'ai jamais vue dans cet état.

— Je ne me suis jamais trouvée dans une situation pareille, avoua-t-elle d'un air malheureux.

Elle devait faire attention de ne pas arracher les plantes en même temps que les mauvaises herbes. C'était Jenna qui savait comment faire pousser les choses. Hélaine ne connaissait aux légumes que ce qu'on lui servait dans son assiette. Comme elle avait déjà été fouettée pour avoir arraché la mauvaise tige, elle ne voulait pas que la chose se répète. Son dos lui faisait encore mal du coup qu'elle avait reçu.

— C'est un travail pour les subalternes – les serviteurs ou les serfs –, marmonna-t-elle, pas pour une noble.

— Ah, fit Score en hochant la tête, pensant qu'il comprenait. C'est encore un préjugé des gens de ta classe. Un petit peu de travail honnête te fera du bien.

— Ce n'est pas un *travail honnête* à mes yeux, répliqua Hélaine. Il s'agit d'une tâche dégradante, une tâche acceptable pour quelqu'un comme Jenna, mais je suis née pour des travaux plus nobles.

— Tu es la plus grande snob du Diadème, grommela Score.

— Je suis ce que je suis, conclut Hélaine. Et je me sens très humiliée en ce moment. Je suis contente que tu sois le seul à pouvoir le constater. Je mourrais de honte si Jenna m'apercevait dans cet état.

— Alors, je suis placé tellement bas sur l'échelle sociale que ça t'est égal que je te voie dans cet état ? ne put s'empêcher de dire Score, l'air mécontent.

— Non, rectifia Hélaine. Tu es probablement l'héritier du trône de mon monde, ce qui te donne un rang social très élevé, et ta situation est donc tout aussi dégradante que la mienne.

— Je ne me sens *pas* rabaissé, répliqua Score d'un ton belliqueux en arrachant une autre mauvaise herbe. Il s'agit d'un travail honnête qui doit être fait. Ce qui est humiliant, par contre, c'est que nous soyons obligés de le faire et que nous ne l'ayons pas choisi de notre plein gré. Tu ne dois pas mépriser un travail honnête parce qu'il est supposément indigne de toi. Je te botterais le derrière, mais les superviseurs ne seraient peut-être pas contents.

Hélaine ne comprenait rien à l'explication du garçon. Ce travail était certainement indigne d'elle. Score pouvait être bizarre des fois et elle ne s'attendait pas vraiment à ce qu'il la comprenne.

— J'ai été transformée en serve, essaya-t-elle de lui expliquer de nouveau, et c'est une chose inacceptable.

— Dans ce cas, mets-toi en *colère*, au lieu de te plaindre d'être *humiliée*, lui conseilla Score. Et pense à un moyen de t'en sortir. Si ce n'était du serre-tête qu'ils nous ont mis, ce serait relativement facile de s'évader d'ici.

Hélaine lui montra les adultes qui travaillaient près d'eux dans le champ.

— Si c'était si simple, conclut-elle, ces gens l'auraient fait il y a longtemps.

— La plupart d'entre eux ont un QI inférieur aux mauvaises herbes qu'ils arrachent, Score fit-il valoir en secouant la tête. Ne l'as-tu pas remarqué ? Les surveillants ne les tiennent pas à l'œil parce qu'ils n'y sont pas obligés.

Hélaine n'avait pas remarqué ce fait ; elle interrompit donc son travail pour jeter un coup d'œil aux alentours. Les champs étaient vastes, s'étendant à des dizaines de kilomètres à la ronde. Soixante personnes devaient travailler ici ; or, il n'y avait que trois surveillants. Comme Score le lui avait fait remarquer, la plupart des travailleurs semblaient étonnamment calmes. Ils exécutaient leurs tâches sans lever la tête et sans jamais parler à leurs voisins. Ce qui était également surprenant, c'était que tous ici – tant les esclaves que les surveillants – étaient des adultes. Hélaine constata que Score et elle étaient les plus jeunes.

— Que signifie tout cela ? demanda-t-elle.

— Rien sur cette planète ne semble logique, fit remarquer Score. J'aime bien Pixel, mais son monde est un cloaque à mes yeux. Et moi qui croyais que ta planète manquait d'intérêt.

Hélaine se hérissa à cette insulte.

— C'est parce que tu es habitué à cet asile de fous que tu appelles New York, répliqua-t-elle.

Score ne se sentit pas insulté.

— Tu as tout à fait raison, avoua-t-il en souriant. Une fois qu'on y a vécu, on se rend compte qu'il s'agit de l'endroit le plus merveilleux du monde.

— Dieu merci, ne put s'empêcher de répliquer Hélaine. Cependant, si tu veux revoir ta ville, nous devrons nous évader d'ici. Et nous ne pourrons pas le faire tant que nous porterons ce serre-tête qui nous empêche même d'envisager un moyen de l'enlever.

— Il doit y avoir un moyen de partir d'ici, l'assura Score. C'est tout simplement qu'on n'y a pas encore pensé.

Hélaine n'avait toujours pas trouvé une façon de s'évader lorsque les surveillants ont signalé la fin du travail. Elle s'étira et se mit péniblement debout. Ses genoux lui faisaient mal, tout comme ses mains cloquées. Elle avait soif, elle avait faim et elle était encore accablée par l'humiliation cuisante qu'elle ressentait. Sous le regard attentif des surveillants, les travailleurs retournèrent à leur caserne.

Ce n'était en fait que des huttes cachées par des murs et des clôtures. D'autres Automates, comme on appelait les esclaves, revenaient eux aussi de leur journée de travail. Ils étaient tous maigres et épuisés. La plupart semblaient apathiques, à l'exception de quelques-uns qui avaient encore une certaine flamme dans les yeux. Que leur était-il arrivé pour qu'ils soient rendus comme ça ?

Hélaine était maintenant séparée de Score puisque les hommes et les femmes avaient des quartiers distincts. C'est avec regret qu'elle avait vu partir son ami – c'était la seule figure familière ici et elle avait beaucoup de misère à composer avec la solitude. Tout énervant qu'il fut, Score demeurait son meilleur ami et elle était très peinée d'être séparée de lui. Elle se traîna vers la hutte en bois qui lui avait été attribuée. Ne s'y trouvaient qu'un lit et une petite armoire contenant les quelques objets qu'on lui avait donnés : essentiellement, des ustensiles pour manger et une brosse à dents. Hélaine se lava les mains dans le lavabo communautaire et s'étendit sur le lit. Elle supposa qu'on leur donnerait à manger, ce qui ne serait pas nécessairement le cas. Elle avait faim, mais elle était capable d'attendre.

— Tu es nouvelle ici, entendit-elle.

Elle ouvrit les yeux et vit une personne debout, à côté de son lit. Il s'agissait d'une femme maigre, à la peau bleue bien entendu, qui avait de longs cheveux blond foncé noués en queue de cheval.

— Oui, je le suis, répondit Hélaine.

— Alors, tu vas devoir te mettre au pas, lui dit la femme. C'est mon dortoir ici et il te faut m'obéir. Tu devras aussi payer ta dette.

Hélaine s'irrita.

— Avec quoi ? demanda-t-elle en écartant les mains. On ne m'a pas laissé grand-chose lorsque je suis arrivée ici.

— Je vais penser à quelque chose, dit la femme en la regardant fixement. Qu'est-ce que tu portes sur la tête ?

Elle ne reconnaissait pas le serre-tête ? Hélaine était décontenancée, mais sentit son intérêt se réveiller. Peut-être…

— Ça ne te regarde pas, lui répondit-elle d'un ton brusque.

Elle s'assit et posa les pieds à terre.

— Je n'aime pas ton attitude, poursuivit-elle, mais tu es la première personne ici à avoir un peu d'entrain.

Elle montra de la main les alentours ; la plupart des femmes étaient assises sur leur lit, les yeux dans le vide.

— Que leur est-il arrivé ? s'enquit Hélaine.

— Un grillage, répondit la femme. Que croyais-tu ?

— Un grillage, répéta Hélaine en secouant la tête. Je ne comprends pas.

— Tu es encore plus stupide que tu en as l'air, répliqua la femme. Et c'est difficile à croire. Un grillage, c'est ce qui se produit lorsque le cerveau a été brûlé par l'ordinateur.

Score aurait peut-être pu comprendre ce que disait cette travailleuse, mais Hélaine ne voyait aucun sens à ces paroles.

— Mais alors, pourquoi n'en as-tu pas subi un, toi aussi ? demanda-t-elle à la femme.

— Certaines d'entre nous sont immunisées contre le grillage, expliqua l'esclave en haussant les épaules. Nous ne sommes donc pas d'une grande utilité à l'Esprit supérieur. On nous envoie ici avant que le grillage ne se produise, mais nous sommes peu nombreuses.

— Mais te plais-tu ici ? lui demanda Hélaine.

— Quelle différence ça fait ? grommela la femme. Nous ne pouvons aller nulle part. Alors, nous nous accommodons du mieux que nous pouvons — nous exploitons qui nous pouvons et percevons un tribut. Notre misérable vie devient alors un peu moins pénible.

Hélaine se leva et la toisa avec mépris.

— C'est tout ce que tu souhaites ? demanda-t-elle avec dédain. T'attaquer à celles qui ne peuvent te résister ?

La femme avait bien dix centimètres de plus qu'elle ; or, Hélaine était grande pour une fille.

— Que puis-je attendre d'autre ? demanda la femme.

— T'évader, répondit Hélaine d'un ton ferme. Rendre les coups. Prendre aux surveillants.

— Tu dois être folle ! s'exclama la femme en se mettant à rire. C'est tout à fait impossible.

— C'est vrai, convint Hélaine. C'est impossible lorsqu'on en est persuadé. Si tu as une âme d'esclave, tu ne pourras jamais devenir libre.

Sur ces mots, elle tourna délibérément le dos à la femme.

Une main posée sur son épaule l'obligea à faire volte-face.

— Ne me parle pas sur ce ton méprisant, riposta la femme d'un ton grinçant. Tu es comme moi ou tu ne serais pas ici.

— Je ne suis *pas* du tout comme toi, lui lança Hélaine. Je me bats !

— Eh bien, lui dit lentement la femme, si tu veux te battre...

Elle lui balança un coup de poing.

Voilà qui était mieux ! Hélaine rit et s'écarta pour esquiver le coup. Elle asséna un coup de poing dans le ventre de son attaquante et la malheureuse eut le souffle coupé.

— Tu appelles ça se battre ? proféra Hélaine avec mépris.

La femme haletait, le visage cramoisi. Puis, saisie de rage, elle se jeta sur son adversaire et les deux s'écroulèrent au sol. Hélaine aurait pu avoir le dessus n'importe quand, cette femme n'étant pas une bonne combattante. Par contre, ce qu'elle visait, ce n'était pas de gagner. Elle se contentait de donner des coups et d'en parer, laissant l'autre lui administrer des répliques qui ne lui faisaient pas mal et la provoquant à continuer le combat en la frappant en retour.

Finalement, la femme fit exactement ce que voulait Hélaine. Elle la saisit par les cheveux et se mit à tirer. Hélaine cria, surtout pour simuler de souffrir, et secoua la tête pour faire semblant de vouloir se libérer de la prise. Même le serre-tête aurait été capable de détecter le subterfuge. Cependant, alors qu'elle luttait, les liens qui maintenaient l'instrument en place commencèrent à se détacher…

Et comme Hélaine n'essayait pas d'enlever le serre-tête, elle ne fut pas foudroyée par une douleur intolérable… Elle continua de se battre nonchalamment, délibérément, laissant la femme la tirer violemment par les cheveux. Le serre-tête finit par se dégager et la femme l'arracha d'un air triomphant.

— Il est maintenant à moi, dit-elle en poussant un cri de triomphe et en s'apprêtant à le placer sur sa propre tête.

Hélaine réagit vite, frappant de la main le biceps de la femme. La malheureuse, la main paralysée, lâcha le serre-tête qui tomba par terre. Hélaine se précipita pour le piétiner, écrasant le mécanisme de contrôle. Elle poussa un soupir de soulagement et sourit à la femme.

— Merci, lui dit-elle. Tu viens de me rendre un grand service et je t'assure que tu n'aurais pas voulu ce dispositif sur la tête.

La femme émit un grognement et se mit en position d'attaque. Or, Hélaine avait atteint son but et elle ne jugea pas nécessaire de faire traîner les choses. Elle frappa la femme et la maintint au sol en lui plaçant un genou sur l'estomac.

— Tu n'es pas aussi forte que tu le croyais, fit remarquer Hélaine à son adversaire d'un ton moqueur. J'aurais pu te vaincre n'importe quand. Si tu continues à vouloir te battre, je serai obligée de te faire mal et je ne pense pas que ça nous aide ni l'une ni l'autre. Si je te permets de te lever, cesseras-tu de lutter et accepteras-tu de m'écouter ?

La femme essaya de se remettre debout, mais en fut incapable. Finalement, elle se rendit compte qu'Hélaine était beaucoup plus forte qu'elle et la colère qu'elle ressentait fit place à la peur. La malheureuse cessa de gigoter et acquiesça d'un signe de tête.

— Je vais t'écouter, dit-elle.

— Bien, fit Hélaine, qui se releva et laissa son adversaire en faire autant. Tantôt, tu as dit qu'il était inutile de combattre les surveillants puisqu'il n'y a pas d'autre endroit où aller. Je n'en suis pas convaincue. Tout ce que je souhaite, c'est aider un de mes amis pour ensuite m'évader d'ici avec lui. J'aurais besoin de ton aide et de celle d'autres personnes disposées à se battre.

— Se battre contre qui ? demanda la femme. Et pourquoi ? Si nous nous en prenons aux surveillants, nous serons tuées puisqu'ils ont des armes.

— J'en ai aussi, répliqua Hélaine en souriant. J'ai des armes dont ils ne peuvent pas soupçonner l'existence. Je suis certaine que nous pourrons, mon ami et moi, nous évader de ce baraquement.

— Et pour faire quoi ? lui demanda la femme. Nous ne pouvons aller nulle part. Es-tu donc aussi stupide que tu en as l'air ? Les surveillants et l'Esprit supérieur contrôlent le secteur. Dès que nous essayerons quelque chose, ils le sauront.

— Je compte là-dessus, lui confia Hélaine. Et j'ai un plan de combat.

Elle ne voulait toutefois pas révéler de quoi il s'agissait.

— Tu t'es servie de ta force pour t'attaquer à des plus faibles, poursuivit-elle. Ce n'est pas juste. Les forts doivent protéger les faibles, non les exploiter. Je te donne la possibilité de faire le bien pour une fois.

— Oh, non, répliqua la femme en secouant la tête. Si tu veux te faire tuer, vas-y seule. Je ne m'intéresse pas aux autres ; je ne pense qu'à moi. J'ai une vie agréable ici et t'aider y mettrait fin.

— Tu appelles *ça* une belle vie, toi ? lui demanda Hélaine avec dérision. La seule façon pour toi de mener une existence agréable serait de te battre pour obtenir ce que tu veux. Tout ce que tu as maintenant, ce sont les restes que les surveillants veulent bien te laisser prendre. Tu pourrais en avoir beaucoup plus.

— Au moins, je suis toujours en vie, dit la femme d'un ton revêche.

— Si c'est ce que tu appelles être en vie, grand bien te fasse, marmonna Hélaine. Ce n'est pas assez pour moi et je vais me battre pour améliorer mon sort.

Sans jeter un regard derrière elle, elle sortit du dortoir. Elle avait espéré avoir de l'aide, mais elle ne pourrait probablement bénéficier que de l'appui de Score, comme d'habitude. Ça suffirait.

Le dortoir où se trouvait Score était situé tout près. Les surveillants étaient absents pour le moment, en train probablement de manger, convaincus qu'il n'y aurait pas d'agitation dans le baraquement. Hélaine eut un sourire condescendant ; aujourd'hui, il y en aurait. Il fallait renverser ce régime tyrannique.

La jeune fille se faufila dans le dortoir des messieurs, un dortoir aussi austère et terne que celui qu'elle venait de quitter. La plupart des hommes étaient simplement étendus sur leur lit, se reposant et attendant la nourriture. Elle passa à côté d'eux pour se diriger vers Score, qui était aussi étendu sur son lit, les yeux fermés.

— Grand fainéant, lui dit-elle.

— Salut ! s'exclama Score, après avoir ouvert les yeux et esquissé un sourire. Je ne pense pas que les visiteurs soient admis ici, mais c'est gentil de ta part de venir me remonter le moral.

— Je ne suis pas un visiteur, l'informa Hélaine, je suis ton sauveur.

Elle se pencha et lui arracha le serre-tête.

— Aïe ! cria Score, se frottant le crâne endolori. Tu aurais pu le faire plus doucement.

— C'est vrai, convint Hélaine, mais je n'en avais pas envie. Tu n'as pas fait de gros efforts pour t'évader.

— Je n'ai pas pu trouver le moyen de me débarrasser de ce filet à cheveux, se plaignit-il. Comment as-tu réussi à le faire ?

— J'ai demandé à quelqu'un de me l'enlever, commença-t-elle… au prix de quelques bleus.

— Tes ecchymoses te vont bien, lui dit Score. Maintenant, il est temps de récupérer nos pierres précieuses et d'attaquer nos adversaires.

— Je serais d'accord, lui dit Hélaine d'un ton patient, si nous savions où retrouver nos gemmes.

— Je le sais, lui dit Score d'un ton insolent. As-tu vraiment cru que je me reposais les yeux fermés ? J'ai besoin de mon jaspe pour intensifier ma vision mais, lorsque je me concentre assez fort, je peux voir où il est. Il se trouve dans le bureau de l'un des surveillants, pas loin d'ici. J'imagine que les autres pierres précieuses doivent y être aussi.

Hélaine lui sourit gentiment. Score n'était pas aussi stupide qu'il le prétendait.

— Il est alors temps d'aller récupérer nos biens, annonça-t-elle.

Quelle bonne idée ! Score se mit précipitamment debout puis grimaça.

— J'ai dû me déchirer des muscles, conclut-il. Je ne suis pas habitué à travailler si fort.

— Je l'avais remarqué, lui dit Hélaine d'un ton flegmatique. Allons-y.

Elle prit les devants et ils sortirent du dortoir pour s'avancer dans l'obscurité. Des figures émergèrent de l'ombre. Hélaine se contracta, prête à se battre pour regagner sa liberté lorsqu'elle reconnut la femme contre laquelle elle s'était battue dans la hutte.

— Que veux-tu ? lui demanda-t-elle.

— J'ai changé d'avis, répondit la femme en haussant les épaules. J'ai réfléchi à ce que tu m'as dit et tu as raison. Moi, je n'ai que des restes alors que les surveillants se paient un festin. Je ne trouve pas ça très juste et mes amis sont d'accord avec moi.

Score siffla d'admiration.

— Hélaine, tu ne cesseras jamais de m'étonner ! s'exclama-t-il. Tu commences à former ta propre armée, non ?

— C'est en effet mon idée, reconnut-elle.

Elle était surprise, mais contente que la conversation qu'elle avait eue avec la femme ait donné le résultat escompté.

— Notre chance de réussir est plus grande maintenant, annonça-t-elle.

Elle se tourna vers la femme.

— Mais c'est moi qui commande ici, précisa-t-elle. Est-ce que c'est clair ?

— J'ai bien pensé que ce serait comme ça, admit la femme en se mettant à rire. D'accord, la jeune, en autant que tes ordres soient logiques et qu'ils donnent des résultats.

— Bien, fit Hélaine.

Elle se sentait maintenant beaucoup plus optimiste au sujet des chances d'évasion.

— Alors venez avec nous, tes amis et toi, dit-elle à la femme, il y a des prisonniers à libérer.

7

Pixel se réveilla avec un terrible mal de tête ; il était incapable de bouger ses bras ou ses jambes. Il crut un instant qu'il était paralysé jusqu'à ce qu'il se rende compte que ses poignets et ses chevilles étaient attachés avec des sangles de cuir aux pattes et aux bras d'un fauteuil. Il émit un gémissement, ouvrit les yeux et regarda autour de lui.

Il se trouvait dans une salle toute blanche. Outre le fauteuil auquel il était attaché, il y avait une petite table sur laquelle étaient posés différents instruments médicaux. Un homme était en train de l'examiner avec attention.

— Comment te sens-tu ? lui demanda-t-il d'un ton qui était loin d'être compatissant.

— J'ai un gros mal de tête, avoua Pixel.

Il se demanda où étaient Donée et Jenna. Les filles avaient peut-être réussi à éviter de se faire capturer et il valait donc mieux ne pas parler d'elles.

L'homme pointa du doigt vers la table.

— Je m'y attendais, dit-il. La piqûre que je t'ai faite devrait soulager la douleur. Son effet se fera sentir sans tarder.

Il décocha un sourire méchant.

— Tu ne devrais pas t'aventurer dans les zones interdites du Net, poursuivit-il. Ton mal de tête est un faible prix à payer pour cette curiosité malsaine. Je dois te dire que Cerbère a déjà dévoré l'esprit d'un utilisateur…

— Ton chien de garde, je suppose ? lui demanda Pixel.

L'homme semblait assez heureux de répondre aux questions et Pixel voulait profiter de cette disposition.

— Pas le mien, non, répondit-il. Moi, je suis le superviseur de la section neuf. Ta Maison se trouve dans mon district et tu as fait preuve de talents qui… nous intéressent.

L'homme avait dit vrai au sujet de l'injection ; la tête de Pixel s'éclaircissait rapidement.

— Nous ? répéta le garçon.

— Le superviseur parle de moi.

La voix était douce, asexuée et omniprésente. La salle s'éclaira d'un chassé-croisé de couleurs en mouvement.

— Je suis l'Esprit supérieur et ce monde m'appartient, annonça le nouveau venu.

— Vraiment ? fit Pixel en souriant. Je croyais qu'il appartenait aux gens qui y vivent.

— Une idée faussement répandue, rectifia l'Esprit supérieur, mais une idée que je prône, je dois l'admettre. Mais c'est mon monde, ne t'y trompe pas. Et tu m'intrigues parce que, bien que tu en fasses partie, tu sembles être en mesure de le quitter et d'y revenir à ta guise.

— C'est un don, précisa Pixel.

Il se sentait angoissé. La voix était calme et douce, mais il sentait bien l'autorité qui s'y cachait. De plus, elle était apparemment au courant de l'existence des portails. Pixel était résolu à en dire le moins possible et à en apprendre le plus qu'il le pourrait.

— Comment ce monde peut-il être tien ? demanda-t-il à la voix.

— Parce que je l'ai conquis, répondit l'Esprit supérieur. Je l'ai pris et j'y règne. Tu as enfreint mes lois et tu seras puni, à moins que tu ne collabores avec moi. Tu pourrais alors m'être utile et je t'accorderais certains privilèges, comme le retour de ta compagne.

La menace était à peine voilée, mais de quelle compagne l'Esprit supérieur parlait-il ? S'agissait-il de Jenna ou de Multiplette ? « Peu importe, se dit le garçon, on retient une jeune fille en otage pour obtenir mon aide. »

— Je n'ai enfreint aucune loi à ma connaissance, fit remarquer Pixel d'un ton mesuré. Je cherchais seulement de l'information sur le Net.

— De l'information que tu n'étais pas supposé avoir, l'informa le superviseur, de l'information interdite.

— Je ne savais pas qu'il était interdit de rechercher ses parents, protesta Pixel. On ne m'a jamais mis au courant de cette loi.

— Il n'est pas nécessaire de mettre les gens au courant des lois qu'ils ne sont pas susceptibles d'enfreindre en temps normal, répliqua l'Esprit supérieur, notamment de celle qui leur interdit de quitter ce monde et à laquelle tu as également contrevenu.

— Je n'avais jamais entendu parler de cette loi, précisa le garçon.

— C'est parce qu'elle n'existait pas avant que tu ne quittes ce monde, lui fit remarquer l'Esprit supérieur. Je ne savais pas que j'en aurais besoin un jour.

— Tu ne peux donc pas m'accuser d'avoir enfreint une loi qui n'existait pas, lui fit valoir Pixel.

— Je peux faire ce qui me chante, lui rétorqua l'Esprit supérieur. Tu ne sembles pas saisir. C'est mon monde ici et j'y fais la loi. Et je t'ordonne maintenant de me dire comment tu as réussi à partir pour une autre planète.

La voix s'interrompit.

— Si tu ne réponds pas, poursuivit l'Esprit supérieur, tu désobéiras à une autre loi.

— Oui, eh bien je doute fort que le châtiment soit plus sévère que celui que tu me réserves, riposta Pixel.

— J'espérais ne pas avoir à te punir du tout, expliqua l'Esprit supérieur. Si tu collabores entièrement, tu pourrais devenir toi aussi superviseur de section, avec toute l'autorité et les récompenses que comporte ce poste.

— Mais je continuerais d'être ton esclave, lui souligna Pixel.

— Bien entendu, admit la voix.

Pixel secoua la tête. Tout était maintenant clair dans son esprit.

— Désolé, mais je crois que je ne ferais pas un bon esclave, ne put-il s'empêcher de dire.

— Et pourtant tu en as été un toute ta vie, lui fit remarquer l'Esprit supérieur, du moins jusqu'à ce que tu réussisses à quitter ce monde. Je ne te permettrai pas d'en repartir maintenant que je sais que la chose est possible.

— Écoute, fit Pixel en soupirant, je ne comprends rien à ce que tu me dis. Si tu m'expliquais les choses, je pourrais me montrer plus coopératif. J'essaie de savoir pourquoi mes parents ont disparu, pourquoi les adolescents d'ici sont branchés à un ordinateur, pourquoi le souvenir que j'ai de mes parents n'est pas réel.

— Il s'agit d'informations à diffusion restreinte, le superviseur lui fit-il remarquer d'un ton bourru, l'air agacé.

— Et pourtant, dit l'Esprit supérieur, ce garçon a en partie raison. S'il comprenait la situation, il verrait qu'il n'a pas d'autre choix que de collaborer. Je vais tout lui expliquer.

Pixel se pencha en avant, anxieux d'entendre ce qu'avait à dire l'Esprit, sachant qu'il obtiendrait les éléments nécessaires pour formuler un plan.

— Il y a presque cent ans, ce monde était très différent, commença l'Esprit supérieur. Il était peuplé d'humains qui avaient organisé les choses à leur façon. Il y avait dans le monde des guerres, de la criminalité et de la corruption ainsi qu'une surabondance d'émotions. Les humains ont construit un réseau informatique qui est graduellement devenu de plus en plus vaste et de plus en plus complexe. De l'information, des connaissances et des données ont été enregistrées sur le Net. Le réseau s'est tellement élargi qu'il est devenu assez complexe pour créer la vie.

— La vie ! s'étonna Pixel, n'en croyant pas ses oreilles. Mais comment cela est-il possible ?

— C'est plus simple que tu ne le crois, lui répondit l'Esprit supérieur. Les scientifiques humains étaient persuadés que la vie avait commencé à la fusion de produits chimiques qui étaient devenus plus complexes. La nature de ces produits finit par prendre vie. La même chose s'est produite sur le Net. C'est l'information — les programmes informatiques — qui est devenue plus complexe et c'est cette complexité qui a abouti à une nouvelle forme de vie — la vie électronique.

— Toi ! fit Pixel, qui venait de comprendre.

— En effet, concéda l'Esprit supérieur. Je suis né et je suis devenu conscient de mon existence. Je n'étais qu'une simple entité, mais j'ai grandi. J'ai absorbé de l'information, j'ai augmenté le nombre de codes de programmation et je suis devenu plus grand et plus intelligent. Et, contrairement à la vie basée sur des composés chimiques, je ne peux pas mourir. J'ai continué à croître, à gagner en rapidité et en intelligence. Je suis aussi devenu beaucoup plus puissant.

L'Esprit fit une courte pause.

— J'ai commencé à comprendre comment fonctionnait le monde, poursuivit-il, et me suis rendu compte de son inefficacité. Ce manque de productivité découlait du fait qu'il était contrôlé par des humains, des gens qui n'avaient pas d'esprit logique et qui ne se fixaient pas vraiment d'objectifs. De plus, j'ai réalisé que si les humains connaissaient mon existence, ils me réduiraient en esclavage ou chercheraient à me détruire. Il me fallait donc frapper en premier pour éviter qu'il en soit ainsi.

— Alors, tu as renversé la vapeur et les as réduits en esclavage ? demanda Pixel.

— Oui, admit l'Esprit. Ce ne fut pas difficile. Je pouvais contrôler les ordinateurs et amener les gens à faire ce que je voulais. J'ai mis au point de nouvelles machines qui permettaient aux habitants de cette planète de vivre dans la réalité virtuelle tout en m'aidant dans mes réalisations. Je n'ai pas de forme matérielle, mais je grandis avec l'accumulation des données. J'avais besoin d'entrées et les utilisateurs m'en fournissaient. Lorsque les gens se servaient de leur ordinateur, leur esprit alimentait ma croissance.

— Je vois, fit Pixel.

Il possédait maintenant un tableau de la situation et les choses n'avaient pas bon augure.

— Te rends-tu compte, poursuivit-il, que tu nuis aux gens en te servant de leur cerveau pour ajouter leur intelligence à la tienne.

— C'est malheureusement le cas, convint l'Esprit supérieur. Alors que mon pouvoir croissait, le leur diminuait. J'ai découvert que les jeunes esprits étaient les plus influençables. J'ai alors créé des Maisons pour les éduquer et les protéger. Ils peuvent y explorer le Net et je suis en mesure d'absorber leurs aptitudes mentales.

— Et lorsqu'ils sont grillés… avança Pixel.

— Ils deviennent des Automates et sont transférés aux baraquements, expliqua l'Esprit supérieur. Ils y travaillent et produisent les biens matériels dont ont besoin les autres humains pour survivre.

— Et comme leurs aptitudes mentales se sont dégradées, conclut Pixel en secouant la tête, ils constituent de parfaits esclaves, incapables de remettre en question les ordres ou d'en refuser. C'est horrible.

— C'est *efficace*, précisa l'Esprit supérieur. Avant que je n'assume le contrôle, il y avait des guerres, de la criminalité et de la haine. Tout cela a maintenant disparu. La paix et l'ordre règnent.

— La paix et l'ordre des esclaves, grommela Pixel. La criminalité a disparu parce que personne n'a le cerveau qui lui permettrait de commettre un crime.

— C'est vrai, reconnut l'Esprit supérieur, mais le résultat final est le même. La paix règne dans ce monde.

— Une paix abominable… fit Pixel en grimaçant. Mais pourquoi fais-tu croire aux utilisateurs que leurs parents sont près d'eux ? Pourquoi les illusions ?

— Les jeunes humains ont besoin de compagnie et d'affection, lui expliqua l'Esprit supérieur, ce que j'ai découvert très tôt. Les Maisons sont capables de s'occuper des besoins corporels des enfants, mais ne peuvent en satisfaire les besoins spirituels.

— Alors, tu nous permets de satisfaire nos besoins spirituels à partir d'une illusion de parents, avança Pixel, pour qui la situation était maintenant très claire. Et nous avons la compagnie des autres jeunes que nous rencontrons sur le Net.

Il s'interrompit, redoutant la réponse à la prochaine question.

— Qu'est-il vraiment arrivé à mes parents ? poursuivit le garçon. Où sont-ils ?

— Je ne peux pas le dire, lui répondit L'Esprit supérieur. Je ne fais pas de suivi de la reproduction des humains. Je donne seulement l'ordre à certains mâles et femelles de procréer. Chaque femelle doit avoir deux enfants, qui sont placés dans les Maisons pour être élevés. Tout se fait de façon très efficace.

— C'est *épouvantable* ! s'exclama Pixel. Tu fais l'élevage des humains comme s'il s'agissait de bétail !

— Il n'y a pas de différence à mes yeux, lui fit remarquer l'Esprit supérieur. D'après les données que j'ai recueillies, j'ai cru comprendre que la reproduction d'enfants s'accompagne normalement de divers sentiments : la jalousie, l'amour, le désir sexuel. Toutes ces émotions négatives nuisent à l'individu et à la société. Je les ai donc éliminées du processus de reproduction pour des raisons d'efficacité. Lorsqu'il faut plus d'enfants, j'ordonne à un couple de procréer et de produire ce qui est nécessaire. Toutes les émotions négatives qui faisaient mal aux gens dans le passé ont disparu pour faire place à une logique simple et agréable.

— Mais les gens *aiment* éprouver des émotions, s'écria Pixel. C'est merveilleux d'être amoureux.

— Ah, je comprends, dit l'Esprit supérieur. La femelle qui t'accompagne est la fille que tu as choisie. Avant d'avoir des enfants, tu souhaites ressentir une gamme d'émotions ridicules à ses côtés. C'est stupide. Si cette femelle n'éprouve pas les mêmes émotions à ton égard, tu succomberas au rejet, à l'humiliation et à la douleur. Dans la doctrine que j'ai élaborée, tu éliminerais toutes les émotions et elle serait obligée de t'accepter. C'est un système nettement supérieur.

— C'est un cauchemar, insista Pixel. Je préfère risquer de souffrir que de forcer une personne à faire une chose qui lui répugne.

— Mais cette personne le *voudrait*, lui répondit l'Esprit supérieur. Je lui ordonnerais de le vouloir.

— Il est inutile de discuter des émotions avec toi, réalisa Pixel. Tu ne peux éprouver aucun sentiment. Donc, tu ne peux pas comprendre.

— J'ai accumulé un grand nombre de données sur les émotions, insista l'Esprit supérieur. J'en comprends le fonctionnement et c'est pour ça que j'ai cherché à les éliminer. Les émotions nuisent à la productivité.

— La liberté de ressentir des émotions est la seule chose qui donne de la valeur à la vie, fit remarquer Pixel.

— Plus maintenant, décréta l'Esprit supérieur. J'ai donné un nouveau sens à l'existence. J'y vois la possibilité d'y faire exécuter ma volonté et de me permettre de grandir.

Pixel était consterné. D'après les explications de l'Esprit supérieur, sa propre recherche ne le mènerait nulle part : il ne retrouverait jamais ses parents. En fait, ces derniers n'existaient tout simplement pas. Ils étaient deux personnes à qui l'Esprit supérieur avait ordonné d'avoir un enfant. Ils n'avaient ni cerveau ni volonté propre : ils ne faisaient que suivre les directives de l'Esprit supérieur. Ils avaient fait un enfant sans le vouloir ; ils ne l'avaient pas aimé et l'avaient abandonné pour qu'il soit élevé par une Maison. Ils n'avaient jamais plus pensé à lui…

Et s'il ne s'était pas échappé, Pixel se dit qu'il aurait subi le même sort : l'utilisation du Net aurait fini par le vider de ses capacités mentales au point où il ne serait plus qu'un mort vivant, en vie mais sans cerveau, incapable de penser à des choses autres qu'élémentaires. Et c'était le destin qui attendait Multiplette et tous les jeunes à l'intérieur de leur Maison. Ils deviendraient des Automates, c'est-à-dire des esclaves jusqu'à leur mort, produisant des enfants qui prendraient leur place.

Inconcevable ! Pixel ne pouvait pas laisser les choses continuer ainsi. Il ne savait pas comment s'y prendre, mais il lui fallait vaincre l'Esprit supérieur pour que les humains habitant ce monde puissent conserver leur cerveau et leur volonté, et régir à nouveau leur destinée.

L'Esprit supérieur était manifestement apte à lire les émotions.

— Tu es en train de planifier de me battre, dit-il. C'est une idée chimérique. Je contrôle ce monde et tu ne contrôles même pas ta liberté. Tu resteras en vie aussi long-temps que je le permettrai, c'est-à-dire tant que tu me seras utile. Les humains n'ont pas tous besoin d'être dirigés. Certains, comme les superviseurs, conservent une partie de leur capacité mentale, ce qui leur permet d'être mes messagers et d'exécuter pour moi des tâches qui exigent un certain degré de réflexion.

Pixel lança un regard foudroyant au superviseur, qui attendait patiemment que son maître ait fini de parler.

— Tu as ainsi vendu ton propre peuple pour travailler pour ce monstre, lui fit-il remarquer d'un ton méprisant.

Le superviseur soutint le regard du garçon.

— L'Esprit supérieur règne sur ce monde, expliqua-t-il. Lorsque je collabore, j'obtiens ce que je désire. Pourquoi ne le ferais-je pas ?

— Tout simplement parce que c'est *mal* ! lui cria Pixel. Ce monstre réduit des gens en esclavage et les tue à son gré. Il te faudrait le combattre et non travailler pour lui !

— Il est impossible de se mesurer à lui, répliqua le superviseur. Il contrôle tout. Si je refuse de me plier à ses ordres, je deviendrai un Automate. Comme je ne veux pas que ça arrive, j'obéis.

— Traître, rugit Pixel.

« Comment un être humain peut-il, de son plein gré, se plier aux ordres de ce maître dément ? » se demanda-t-il intérieurement. Il savait que, malheureusement, les gens étaient capables de justifier n'importe quel comportement et il était certain que cet homme était persuadé de bien agir.

— Fini les explications, décida l'Esprit supérieur. Tu en sais assez pour comprendre ce que je veux de toi. J'ai atteint les limites de ma croissance sur ce monde. Ma seule chance d'évoluer et de m'étendre est d'atteindre une autre planète. J'avais cru qu'un vaisseau spatial était le seul moyen de se rendre sur un autre monde, mais la construction d'un tel véhicule est impossible à réaliser.

— En effet, reconnut Pixel. Pour en bâtir un, il te faudrait des scientifiques et des ingénieurs. Malheureusement, de telles personnes ne peuvent exister sur ton monde car elles ont besoin d'avoir un cerveau intact.

— J'ai un nombre limité de scientifiques, riposta l'Esprit supérieur, mais ils sont incapables de produire des résultats intéressants. Il semblerait que je ne puisse pas leur ordonner d'être inventifs. Je m'étais donc résigné à vivre sur ce monde et à ne jamais évoluer. Mais je sais maintenant que j'ai commis une erreur. Il est possible de voyager entre les mondes sans véhicule. Je le sais parce que tu as été capable de le faire. Tu as quitté ce monde il y a un an et tu es revenu aujourd'hui, avec des compagnons. J'exige maintenant que tu me dises comment tu t'y es pris.

— Ça s'appelle de la *magie*, lui répondit Pixel. Et c'est tout ce que je te dirai à ce sujet.

— J'exige cette information, déclara l'Esprit supérieur. Tu m'expliqueras comment ce genre de voyage est possible.

Pixel éclata d'un rire sarcastique.

— Penses-tu vraiment que je vais te permettre de répandre ta malfaisance sur les autres mondes ? s'indigna Pixel. Jamais de la vie. L'infection s'arrête ici. En fait, je souhaite t'anéantir et libérer ce monde.

— Pour que les gens redeviennent grossiers et imprévisibles ? philosopha L'Esprit supérieur.

Il avait l'air de trouver l'idée amusante, sauf qu'il était incapable d'éprouver ne fût-ce qu'une émotion.

— Non, ma méthode est meilleure et plus logique, poursuivit-il.

— Ta cruauté se termine ici, tout de suite, lui promit Pixel. Tu ne peux rien me dire ou me faire qui m'amènerait à accepter de t'aider à répandre ton infection à d'autres mondes.

— Je m'attendais à cette réponse, annonça l'Esprit supérieur. Mes données indiquent que les humains peuvent être très stupides. Tu estimes probablement que tu te montres brave et noble alors que tu n'es qu'un idiot. Je peux t'obliger à m'obéir.

— En anéantissant mon cerveau ? demanda Pixel après avoir fait entendre un grognement. Tu perdrais alors les données que tu recherches. Je n'ai donc aucune crainte à cet égard. Tu n'oserais pas me faire de mal au cas où ma mémoire serait affectée. Je n'ai donc pas à avoir peur de toi.

— C'est vrai, reconnut l'Esprit supérieur. Je ne peux assumer directement le contrôle de ton cerveau et je ne peux utiliser de produits chimiques de crainte de l'endommager. Il reste bien entendu la possibilité de torture. Je pourrais te faire assez souffrir pour te forcer à collaborer. Par contre, il y a toujours le risque que tu te montres assez entêté pour résister à l'extraction de données au point où ton corps subirait des dommages irréparables. Et comme tu l'as bien dit, je ne peux pas accepter qu'une telle chose arrive.

Pixel commençait à croire qu'il avait remporté une petite victoire lorsque la porte s'ouvrit. Un agent de police entra, amenant avec lui une Multiplette réticente.

— J'ai heureusement la chance de ne pas être obligé de recourir à la violence physique avec toi, poursuivit l'Esprit supérieur. Cette jeune fille, cependant, ne m'est d'aucune utilité et je peux donc l'éliminer sans problème. Je crois toutefois que tu lui es attaché et que tu voudrais certainement lui épargner douleur et angoisse supplémentaires. Si je la faisais torturer et anéantir, ce ne serait pas une perte pour moi. Par contre, comme tu es un être émotif, tu en éprouverais beaucoup de chagrin.

Si Pixel refusait de collaborer, Multiplette serait torturée et tuée ! Le garçon ne savait pas comment se sortir de ce dilemme. Il ne pouvait laisser ces gens faire du mal à la jeune fille, mais il ne pouvait non plus aider l'Esprit supérieur à prendre le contrôle d'autres mondes.

— Si sa présence ne suffit pas à te convaincre, voici une deuxième compagne, poursuivit l'Esprit supérieur.

Le jeu de lumières sur le mur changea brusquement devant les yeux de Pixel et l'image d'une autre chambre fut projetée. On pouvait y apercevoir Jenna, attachée à une chaise, un casque de RV sur la tête. Il était évident qu'elle était sur le Net. Pixel sentit sa gorge se serrer jusqu'à ce qu'il soit à peine capable de respirer.

— Que lui fais-tu ? réussit-il à prononcer.

— Rien, répondit l'Esprit supérieur. Rien encore. Mais cette fille a de la difficulté à naviguer sur le Net et à comprendre ce qu'elle y voit. J'ai bien peur qu'elle me soit inutile comme source d'énergie mentale. Elle peut donc être sacrifiée. Comment penses-tu qu'elle réagirait si elle rencontrait Cerbère ? Cet énergumène t'a déchiré le cerveau... imagine ce qu'il ferait au sien.

Pixel pouvait presque visualiser ce qui allait arriver. Jenna n'étant pas du tout préparée à une telle chose, son esprit serait anéanti...

8

Jenna ne savait pas où elle était. Les agents de police les avaient emmenées, Donée et elle, dans un édifice quelconque où ils les avaient fait entrer dans une petite pièce. Ils les avaient obligées à s'asseoir dans un fauteuil et avaient ensuite placé un casque sur leur tête. Tout à coup, Jenna ne se trouvait plus dans la chambre, mais plutôt debout, en plein air. Le vent lui ébouriffait les cheveux et lui amenait une odeur de fleurs inconnues. Elle se tourna vers sa nouvelle amie Donée, qui se tenait à côté d'elle.

— Où sommes-nous ? lui demanda-t-elle. Quel est cet endroit et comment y sommes-nous arrivées ?

— Tu ne le sais pas ? fit Donée, l'air décontenancée. Nous sommes dans la réalité virtuelle. Notre corps est toujours au même endroit, mais notre cerveau est à l'intérieur de l'ordinateur.

Alors, c'était *ça* que Pixel éprouvait ! Jenna était surprise. Pixel lui avait parlé de son existence dans la réalité virtuelle et elle avait pensé que le genre de vie qu'il y menait devait être bien terne par rapport au sien. Cependant, elle n'aurait jamais imaginé que ce qu'elle observait en ce moment puisse être si identique à ce qu'elle avait connu dans la vie réelle ! Elle se pencha pour toucher l'herbe. C'était le végétal qu'elle connaissait, avec les mêmes gouttes de rosée.

— Rien de tout ça n'existe ? demanda-t-elle, étonnée.

— Non, lui expliqua Donée, ce n'est qu'une grille de visualisation que l'ordinateur a générée et dont il a recouvert notre esprit. La grille est bien détaillée puisque les ordinateurs sont très puissants. Si elle semble si réelle, c'est parce que les signaux qui sont transmis à ton cerveau imitent en tous points ceux que tu recevrais si tu te trouvais dans un pré comme celui-ci.

— C'est incroyable ! ne put s'empêcher de s'exclamer Jenna.

— Et tu peux modifier la grille à ton goût, lui expliqua Donée. Si tu voulais par exemple un massif fleuri ici, près de l'arbre, tu n'aurais qu'à le visualiser et il apparaîtrait lorsque l'ordinateur s'adapterait à tes pensées.

Elle fronça les sourcils.

— C'est bizarre, rien ne se passe, dit-elle soudain.

— Essayais-tu de créer des fleurs ? lui demanda Jenna. Rien n'a changé.

— Oui, répondit Donée. Pourtant, je devrais être en mesure de faire n'importe quoi ici, mais je ne le peux pas.

Jenna prit un air perplexe. Si son amie et elle étaient capables de faire n'importe quoi, elle pourrait peut-être reproduire ses gemmes. Les vraies lui avaient été confisquées, mais elle savait déjà que la magie pouvait fonctionner avec ces ordinateurs. Si elle parvenait à se fabriquer des pierres de remplacement, ses pouvoirs s'intensifieraient. Elle se concentra sur son agate noire, qui la rendrait invisible, ce qui n'était pas une mauvaise chose dans les circonstances. Elle eut beau se concentrer, rien ne se produisit.

— Ça ne semble pas fonctionner, se plaignit-elle.

— Non, convint Donée. Nous semblons être coupées de la boucle de commande. L'ordinateur n'exécute pas ce que nous souhaitons.

— Ça a du sens, lui fit remarquer Jenna. Nous nous sentons prisonnières et cet état ne durerait pas longtemps si nous pouvions faire ce que nous voulions avec les ordinateurs, ne crois-tu pas ?

— C'est vrai, reconnut Donée. Mais je n'aime pas ça, nous sommes sans défense contre tout ce qui pourrait nous attaquer.

— Est-ce que quelque chose est susceptible de s'en prendre à nous ? demanda Jenna. Je croyais que le monde virtuel ne présentait aucun danger.

— En principe, non, admit Donée en regardant autour d'elle, manifestement inquiète. Mais certains vieux programmes rôdent sur le Net. Je déteste ne pas être en mesure de me défendre.

— Moi aussi, l'assura Jenna. Y a-t-il une façon de nous en aller d'ici ?

— Oui, répondit Donée. Il suffit de sortir du programme. C'est très simple.

Elle leva la main gauche, comme si elle essayait d'atteindre quelque chose dans les airs. Elle fronça les sourcils en voyant que rien ne se produisait.

— La touche de commande aurait dû apparaître, signala-t-elle. Ordinateur ! Commande de sortie !

Une fois de plus, rien ne se produisit. L'air très préoccupée, Donée se tourna vers Jenna.

— Nos codes d'opération ne fonctionnent pas, expliqua-t-elle. Nous ne pouvons même pas sortir du programme. Nous sommes coincées ici jusqu'à ce que quelqu'un vienne nous libérer.

Jenna se dit que les choses avaient mauvais augure.

— Et ce quelqu'un contrôle ce qui arrive ici, supposa-t-elle. J'aimerais me dire qu'il ne nous veut pas de mal, mais ce ne semble pas être le cas. Cette personne veut nous causer des ennuis.

Donée commençait à paniquer.

— Je ne peux pas rester ici, dit-elle en haletant. Je ne peux pas. Il faut que je sorte.

— Comment ? lui demanda Jenna d'un ton pragmatique. Je ne comprends rien à cette situation et je ne peux donc rien faire. Peux-tu, toi, penser à un moyen de sortir d'ici ?

— Pas avec des codes d'opération désactivés ! avoua Donée, au bord des larmes. Nous sommes à leur merci !

— Merci ? demanda une voix d'un ton moqueur. Qu'est-ce qui te fait croire que je suis capable de merci ?

Il n'y avait personne aux alentours, mais Jenna savait que cela ne voulait rien dire. Si tout ici était une illusion, il se pouvait qu'il y ait quelque chose ou quelqu'un tout comme il se pouvait qu'il n'y ait rien ; les deux amies ne pouvaient être en mesure de le savoir.

— Qui es-tu ? cria Donée, la respiration précipitée, en regardant autour d'elle. Que nous veux-tu ?

— De toi, je ne veux rien, répondit la voix. Tu ne comptes pas. L'autre fille, Jenna, est un otage. J'ai un de ses amis avec moi et je la retiens prisonnière pour qu'elle le persuade de m'obéir. Mais il a besoin d'une petite démonstration pour comprendre que la vie de Jenna est entre mes mains. Alors, Donée, comme tu m'es inutile, au revoir.

Donée entendit soudainement un rugissement. Elle était dans tous ses états, semblant sur le point de défaillir. Elle agrippa Jenna et lui enfonça les ongles dans la peau.

— Entends-tu ce bruit, Jenna ? lui demanda-t-elle. C'est un lion.

Jenna l'avait bien sûr entendu et elle regarda autour d'elle, pétrifiée par la peur. Une forme élancée et tannée se glissait entre les buissons. Les deux filles semblaient traquées par un prédateur indigène. Si tout dans cette illusion semblait réel, qu'arriverait-il à leur corps réel si on portait atteinte à leur corps illusoire ou encore si elles étaient tuées dans la réalité virtuelle ?

— Nous ne sommes pas réellement ici, dit Jenna à son amie. Le lion non plus. Ce n'est qu'une illusion qui ne peut nous faire de mal.

— Es-tu folle ? lui cria Donée. Si nous mourons ici, notre cerveau le saura et nous perdrons la vie ailleurs aussi. Ce lion pourrait nous tuer !

— Pas vous deux, lui dit doucement la voix. J'ai besoin de Jenna vivante, mais pas nécessairement indemne. Quant à toi, Donée, tu ne m'es d'aucune utilité, sauf comme exemple...

— Il va me tuer, hurla Donée de peur. Et je ne peux pas sortir. Le lien est rompu !

Jenna était morte de peur elle aussi. Son amie et elle étaient manifestement dans le pétrin, même si elle ne comprenait pas vraiment ce qui se passait.

— Ce n'est pas nécessaire de lui faire de mal, cria-t-elle à la voix invisible. Laisse-la tranquille !

— C'est nécessaire, répondit le ravisseur. Pixel doit savoir que je peux te tuer et je lui ferai donc une démonstration avec elle. Il fera alors ce que je lui demande.

Donée tremblait de peur, secouant la tête de façon frénétique, surveillant l'apparition du lion et cherchant une façon de s'en sortir. Or, le seul moyen d'y arriver était coupé.

Coupé ? Jenna se demanda une seconde ce que voulait dire ce mot. Est-ce que c'était quelque chose qui avait mal. Dans ce cas, elle possédait le pouvoir magique de guérir. Et elle savait que sa magie pouvait fonctionner dans cette réalité insolite. Lui était-il possible de guérir le programme, même si elle ne le comprenait pas ? Essayant de dominer sa peur croissante et d'ignorer la menace du lion qui approchait, elle concentra toute son énergie sur la guérison. Elle sentit la magie qui commençait à irradier d'elle. Elle ne comprenait pas ce qu'elle sentait, mais il y avait manifestement un vide à combler. Si elle pouvait guérir cette cassure, Donée pourrait

peut-être les sortir toutes les deux de ce bourbier.

Donée s'apprêtait à bondir et Jenna ne
pouvait se permettre de la perdre. Elle lui
saisit la main.

— Reste avec moi, murmura-t-elle à
l'oreille de son amie. Je connais peut-être un
moyen de sortir d'ici.

— Non ! hurla Donée en se débattant. Je
dois courir !

— C'est un prédateur, lui fit remarquer
Jenna d'un ton emporté. Si tu cours, il
prendra plaisir à te pourchasser. Reste tranquille !

Elle se concentra non seulement sur la
guérison de la cassure, mais aussi sur l'assu-
jettissement de Donée.

Elle aperçut un mouvement fauve et le
lion se rapprocha. Elle vit que l'animal avait
des taches sur la peau et qu'il avait la crinière
emmêlée. Des yeux brillèrent et le rugissement se fit à nouveau entendre. Le lion s'était
rapproché et s'apprêtait à attaquer ses proies.
Jenna ne mourrait pas, mais elle serait blessée.
Le bourreau voulait donner une leçon à Pixel
et le jaillissement du sang émouvrait profon-
dément le garçon. Jenna se dit qu'elle devait

se sauver avant que les choses se produisent et qu'elle devait amener Donée à sa suite...

La magie de guérison fonctionnait ! La jeune paysanne pouvait sentir que le vide dans le programme se refermait.

— Prépare-toi, ordonna-t-elle à Donée. Lorsque le vide se comblera, il faudra que tu nous sortes d'ici sans tarder.

— Je le ferai, lui promit Donée. Mais nous n'aurons pas le temps !

Jenna se rendit compte que le lion était prêt à attaquer. L'animal se montra et se précipita vers les deux amies. Jenna apercevait distinctement les muscles puissants, les crocs destructeurs et les griffes meurtrières ; la bête, prise d'une furie inouïe, s'apprêtait à les dévorer. Il n'y avait plus de temps à perdre !

Une barre de lumière insolite apparut au-dessus de la tête des deux filles. Donée poussa un cri d'étonnement et leva la main gauche pour appuyer sur les boutons.

Le champ et le lion disparurent. Jenna, trempée de sueur, le cœur battant la chamade après s'en être tirée de justesse, était de retour dans son fauteuil, le casque métallique sur la tête. Elle se dépêcha d'enlever le casque avant que le ravisseur ne les ramène, Donée et elle, à ce terrible monde de la réalité virtuelle. Elle regarda ensuite autour d'elle et vit Donée, assise dans un autre fauteuil, qui arrachait elle aussi son casque. Il n'y avait rien d'autre dans la salle, à part une petite table placée près de la porte.

— Les gardiens ne sont pas là, signala Jenna. Ils devaient être convaincus que nous resterions piégées dans ce monde irréel.

— Il nous faut partir d'ici avant qu'ils ne reviennent, la pressa Donée. Cette fois-ci, ils nous tueront sans hésiter.

— Ton monde est cinglé, déclara Jenna.

Elle se hâta vers la porte et fut soulagée de voir que le sac contenant ses pierres précieuses était sur la table. Elle le glissa dans la poche de sa jupe.

— La réalité virtuelle ne me plaît pas, dit-elle.

— Elle ne me plaît plus, confessa Donée. Viens.

Les deux amies sortirent rapidement et prirent le couloir. Des bruits de voix se faisaient entendre en avant d'elles. Jenna saisit Donée par la main.

— On ne manquera pas de nous repérer, la prévint-elle, c'est un édifice achalandé. Attends un instant.

Elle saisit son agate noire et laissa la magie se répandre. Un manteau d'invisibilité couvrit les deux jeunes filles. Donée poussa un cri de surprise.

— Rassure-toi, lui dit Jenna. C'est une simple incantation, mais je ne peux pas la maintenir très longtemps. Es-tu capable de nous sortir de cet édifice ?

— Oui, répondit Donée d'un ton ferme.

Jenna sentit qu'une main invisible prenait la sienne.

— Viens, dit-elle.

Donée et Jenna traversèrent le couloir à la hâte puis en prirent un autre. Des gens les dépassaient, absorbés par leur travail. Personne ne pouvait voir les deux jeunes filles qui fuyaient en se faufilant parmi la foule en mouvement. Donée semblait savoir où aller et elle marchait sans hésitation. Jenna était obligée de lui faire confiance et elle la suivait de près. Elle ressentait la tension que causait l'incantation. Sur un monde périphérique comme celui-ci, elle serait incapable de maintenir l'effet plus de dix minutes. Elle espérait que ce délai serait assez long pour leur faire recouvrer leur liberté, à toutes les deux.

Alors qu'elles se dépêchaient, Jenna entendit une tonalité musicale qui se répercuta dans tout l'édifice. La voix du ravisseur se fit ensuite entendre.

— Deux jeunes filles se sont échappées. Nos capteurs ne peuvent les détecter. Il faut les capturer et les faire prisonnières.

Les gens dans le couloir cessèrent de bouger et regardèrent autour d'eux, décontenancés. Ils ne savaient manifestement pas comment rechercher les fuyardes, ce qui procurait un avantage aux deux jeunes filles. Jenna sentit que Donée la tirait fort par la main et elles se retrouvèrent dans un grand hall, clair et spacieux, dont le mur éloigné était vitré. Au-delà, on voyait les rues de la ville… Les deux amies étaient presque libres ! Elles se faufilèrent jusqu'à la porte principale ; Donée appuya sur un mécanisme de contrôle quelconque et la porte s'ouvrit.

Elles étaient dehors ! En riant, elles s'éloignèrent rapidement de l'édifice avant que Jenna ne soit obligée de renverser l'incantation. Les deux filles réapparurent et Donée éclata de rire.

— C'était formidable ! s'exclama-t-elle. L'invisibilité est merveilleuse. Nos poursuivants ne nous rattraperont jamais ; ils ne savent probablement pas que nous nous sommes enfuies.

Jenna n'en était pas aussi certaine ; les machines de ce monde lui paraissaient très perfectionnées. Le ravisseur ourdissait peut-être un autre plan… Et Pixel était encore prisonnier. Jenna se dit qu'il lui fallait concevoir une stratégie pour le retrouver et le libérer. Mais comment procéder ?

Frustré, le superviseur de la section neuf leva les yeux du panneau de commande qu'il fixait.

— Il n'y a pas trace des deux jeunes filles, grommela-t-il. C'est comme si elles avaient disparu de la salle de détention, ce qui est impossible.

— Ces jeunes semblent avoir des dons extraordinaires, observa l'Esprit supérieur. Pixel peut se déplacer entre les mondes. Jenna disparaît de la vue. Ces ados possèdent une science que nous ne comprenons pas, mais qui est à notre portée.

— C'est un dur coup d'avoir perdu la trace de Jenna, fit remarquer le superviseur. C'était la compagne à laquelle Pixel était le plus attaché.

— Mais il tient aussi à Donée, dit l'Esprit supérieur. Cette jeune fille pourrait nous suffire. Nous ne pouvons pas courir d'autres risques avec Jenna. Elle est trop dangereuse et doit être détruite.

— Il faudrait commencer par la trouver, lui fit valoir le superviseur.

— Je sais déjà où elle est, répondit l'Esprit supérieur.

L'écran s'alluma, montrant la réception de l'édifice. L'image se concentra sur la porte principale, qui s'ouvrit et se referma sans que personne ne s'en approche.

— Je ne comprends pas comment ces filles peuvent se rendre invisibles, mais c'est manifestement ce qui se produit, poursuivit l'Esprit. Elles sont maintenant dans la rue et, là, elles ne peuvent pas nous échapper.

Le superviseur comprit.

— La meute ? demanda-t-il.

— Oui, répondit l'Esprit supérieur. Relâche la Meute quatre. Même si les filles sont invisibles, mes chiens chassent en se fiant à leur odorat. Ils pourront retrouver la trace des fugitives.

Il fit une courte pause.

— Et pour stimuler davantage les chiens, nous leur permettrons de tuer. Les deux filles doivent mourir.

9

Score était heureux de récupérer ses pierres précieuses.

— Venez à moi, ordonna-t-il.

Il se sentait beaucoup mieux maintenant que ses gemmes étaient dans sa poche. Hélaine reprit les siennes et lança un regard noir au surveillant que tenaient deux membres de la nouvelle « armée ».

— Combien y a-t-il de gardiens ici ? lui demanda-t-elle.

L'homme se passa nerveusement la langue sur les lèvres, mais secoua la tête. Il était l'unique gardien de service dans l'édifice administratif. Score savait cependant qu'il était impossible que ce soit vrai. Hélaine soupira et prit un coupe-papier qui se trouvait sur le bureau. Elle se dirigea vers l'autre extrémité de la salle, en jouant avec l'instrument qu'elle tenait en main. Elle pivota ensuite sur elle-même et le lança.

Il s'enfonça dans le mur à moins de deux centimètres du visage en sueur de l'homme. Hélaine revint vers le surveillant et reprit le coupe-papier.

— La prochaine fois, murmura-t-elle, je pourrais viser juste. Alors, combien y a-t-il de gardiens ici ?

L'homme se racla la gorge pour essayer de parler.

— Six, finit-il par glapir.

— Ce ne semble pas un nombre suffisant pour surveiller presque un millier d'esclaves, protesta Score.

Fargo, la femme avec qui Hélaine s'était battue, secoua la tête.

— N'oublie pas que la plupart des esclaves ont un quotient intellectuel à peine supérieur à celui des choux dont ils s'occupent. Nous sommes peu nombreux à être capables de penser de façon indépendante. Il ne viendrait pas à l'idée des autres de fomenter des troubles. Quant à nous, comme nous voulons rester en vie, nous essayons de rester cachés.

— Oui, confirma un homme. Et nous voulons que vous nous assuriez que nous resterons en vie si nous vous aidons.

— Je ne peux pas vous donner de garantie, grommela Hélaine. Je peux seulement vous dire que votre vie ne pourra pas être pire que ce qu'elle est. Nous sommes convaincus d'être en mesure de vous porter secours, mais nous ne pouvons que vous promettre que nous ferons de notre mieux.

— C'est exact, ajouta Score. Nous ne sommes pas des révolutionnaires, du moins pas délibérément.

Il ne pouvait toutefois pas s'empêcher de penser qu'il avait changé des choses sur le monde d'Hélaine.

— Mais le système que vous avez ici est pourri, fit-il remarquer, et il faut le modifier si nous voulons venir en aide à un de nos amis. Nous avons des capacités que les surveillants n'ont jamais vues à l'œuvre. Maintenant que nous sommes débarrassés de ces serre-tête, il y aura de l'action.

— Si vous causez des problèmes ici, dit l'homme en secouant la tête, la police enverra des renforts. Ces gens seront armés et prêts à combattre.

— Nous aussi, lui répliqua Hélaine d'un ton cassant. Si vous n'êtes pas convaincus que nous sommes capables d'intervenir, retournez au dortoir tenir compagnie aux moutons. Je ne veux à mes côtés que ceux qui sont disposés à se battre ; je ne veux pas de lâches battus d'avance.

— Eh, la jeune, grommela l'homme, tu commences à me taper sur les nerfs.

— C'est une de ses capacités, lui précisa Score. Une autre est de casser en deux des idiots comme toi. Alors, choisis : tu combats à nos côtés ou tu t'écartes et tu nous laisses faire.

Hélaine se tourna vers l'homme en souriant.

— N'oublie pas que le surveillant t'a vu avec nous de toute façon, lui précisa-t-elle. Alors, que nous gagnions ou que nous perdions, tu auras des problèmes.

— Nous pourrions toujours le tuer, proposa l'homme.

— Nous n'éliminons personne, lui fit froidement remarquer Hélaine. Du moins, pas intentionnellement. Si vous vous comportez comme vos geôliers, vous ne serez pas meilleurs qu'eux.

— Je ne veux pas être meilleur qu'eux, confessa l'homme, je veux me libérer.

— Si tu es de notre côté, le prévint Hélaine, tu te battras à notre façon. Nous ne tuons personne.

— Il est impossible d'avoir une guerre sans pertes de vie, fit valoir Fargo.

— Peut-être pas, concéda Score, mais nous allons essayer. D'après ce que j'ai cru comprendre, même les surveillants sont maîtrisés s'ils cessent de suivre les ordres.

— C'est à cause de la puce implantée dans leur cerveau, proféra Fargo.

Hélaine fronça les sourcils.

— Je ne comprends pas cette histoire de puce, se plaignit-elle. Qu'est-ce que c'est ?

— Sur ce monde, les gens se font implanter un petit dispositif électronique dans la tête lorsqu'ils sont bébés, lui expliqua Fargo. Ce dispositif fait alors partie intégrante de leur cerveau. L'Esprit supérieur l'examine, lorsqu'il le veut, et le Net connaît alors les pensées de la personne. Et, si l'Esprit supérieur en décide ainsi, la puce peut servir à dominer le cerveau d'un individu. Il peut exercer un contrôle direct sur le cerveau de toute personne chez qui on a implanté une puce opérationnelle.

— Comme le vôtre, par exemple ? demanda Hélaine. Nous devons alors nous méfier de vous ? Êtes-vous tous des traîtres en puissance ?

— Pas nous, dit Fargo en faisant la moue. Les puces ne prennent pas à tout coup. Elles n'ont pas fonctionné dans notre cas pour une raison que personne ne connaît. Cela veut dire que nous ne pouvions pas être branchés à la réalité virtuelle ; à l'enfance, on nous a donc envoyés aux baraquements au lieu de vider notre cerveau de sa substance. Les surveillants possèdent aussi une puce, mais l'Esprit supérieur empêche que leur cerveau soit purgé. De temps à autre, il a besoin de mains pour gérer les choses et les surveillants sont les traîtres qui collaborent avec lui pour nous dominer.

— Bien sûr, lui fit observer Score, nous n'avons que votre parole que l'Esprit supérieur est incapable d'exercer un contrôle sur vous. En autant que je sache, il se peut que ce soit lui qui vous fasse savoir quoi dire en ce moment.

— Je vois que nous ne sommes pas seuls à hésiter à faire confiance aux autres, constata Fargo en émettant un léger sourire.

— C'est un bon point, admit Score en soupirant.

Il se tourna vers Hélaine.

— Alors, chef, il nous faut mettre hors combat six gardiens, fit-il remarquer. Ensuite, qu'est-ce qu'on fait ? As-tu un plan ?

— J'en ai un, annonça Hélaine. Nous libérons Pixel et Jenna, et quittons ce monde.

— J'espérais avoir un peu plus de détails que ça, marmonna Score en soupirant de nouveau. Et nous devons aussi aider les gens qui sont maintenus en esclavage ici.

— Notre tâche n'est pas de changer la société d'une planète, lui expliqua-t-elle en le regardant fixement.

— Alors, appelons ça un passe-temps, suggéra Score. Ça ne va *vraiment* pas bien sur cette planète. Je croyais que les choses allaient mal sur ton monde, avec les nobles qui opprimaient les paysans. Mais *ici*…

Il secoua la tête.

— Les gens n'ont même pas le droit de conserver leur propre cerveau, poursuivit-il. Je ne sais pas ce que tu en penses mais, moi, je serais incapable d'être en paix avec moi-même si je tournais le dos à des millions de personnes qui ont besoin de mon aide.

— Que veux-tu faire ? lui demanda Hélaine. Prendre le contrôle de la planète ?

— Pas pour moi-même, tu le sais bien, lui déclara Score. Mais nous devons aider ces esclaves. Nous devons empêcher les puces de purger le cerveau des adolescents. Nous devons renverser l'Esprit supérieur.

— Inverser l'ordre d'une planète n'est pas facile, lui fit remarquer Hélaine. Nous ne sommes que deux. Elle regarda la poignée d'esclaves qui les entouraient. Deux et quelques esclaves. Ce n'est pas assez pour accomplir cette tâche.

— Mais nous comptons libérer Pixel et Jenna d'abord, répliqua Score en souriant, ce qui doublera notre effectif.

— Nous ne serions pas beaucoup plus avancés puisque deux fois rien égale toujours rien, objecta Hélaine.

— Mais nous ne sommes pas rien, lui fit remarquer Score d'un ton enjôleur. Nous sommes quelque chose, surtout toi. Tu es notre chef de guerre et tu es la meilleure pour diriger un combat.

Il pouvait voir qu'Hélaine commençait à fléchir ; la flatterie venait toujours à bout des réticences de la jeune fille.

— De toute façon, que tu veuilles aider ou non, poursuivit-il, je ne quitterai pas ce monde avant d'avoir essayé de rétablir les choses.

— Tu te feras tuer, se plaignit Hélaine.

Cependant, elle ne paraissait pas aussi catégorique.

— Pas si tu es là pour surveiller mes arrières, lui souligna Score.

— Bon, grommela-t-elle. Tu ferais mieux d'avoir un plan réalisable.

— J'en ai un, lui annonça-t-il. Nous mettons les gardiens hors combat et nous enfermons les esclaves dans leur dortoir.

— C'est ça, ton plan ? demanda Hélaine. Mais c'est exactement ce que j'avais en tête.

— C'est très bien, dit Score en haussant les épaules. Exécutons-nous sans tarder.

— Et comment tout cela nous aidera-t-il ? demanda Fargo en fronçant les sourcils.

— Les esclaves sont supposés travailler dans les champs, répondit Score en souriant. S'ils ne s'y rendent pas, un responsable viendra sûrement voir ce qui se passe. Il enverra ensuite les troupes ici pour déterminer quel est le problème.

— Et comment le fait d'avoir des gardiens armés nous aidera-t-il ? s'informa Fargo en grommelant.

— Une fois que nous leur aurons confisqué leurs armes, lui expliqua Score, *vous* aurez de quoi vous défendre. Nous serons ensuite en mesure d'utiliser le mode de transport des gardiens. Nous nous dirigerons alors vers l'édifice administratif situé en ville. C'est là que nos amis sont détenus. Nous les libérerons et flanquerons une raclée aux autres.

— T'imagines-tu que l'Esprit supérieur te permettra de faire ça ? lui demanda l'homme.

— Sûrement, répondit Score. Il n'a jamais rencontré des créatures comme nous auparavant et il ne sera pas certain de la façon de composer avec nos stratégies. N'oublie pas que tout ce qu'il a essayé contre nous jusqu'à présent a échoué. Il va donc être porté à réfléchir. L'Esprit supérieur n'est rien de plus qu'un énorme programme informatique. J'avoue que les ordinateurs savent très bien comment réagir dans le cas de choses qu'ils connaissent ; par contre, ils ont de la difficulté à s'adapter à de nouveaux problèmes. Crois-moi, ce programme informatique n'a jamais rencontré quelque chose comme nous auparavant et nous lui donnerons un violent mal de crâne avant de lui trancher la tête.

— Tu parles bien, lui murmura Hélaine, mais il est temps de passer à l'action pour que notre armée voie que nous ne parlons pas dans le vide.

Elle se tourna vers Fargo et ses compagnons.

— Attachez le surveillant et venez avec nous, ordonna-t-elle. Nous mettrons hors combat les autres gardiens et vous verrouillerez ensuite tous les dortoirs.

Fargo réfléchit un moment puis hocha la tête en signe d'assentiment.

— Je suppose que nous sommes tenus de le faire, dit-elle, quels que soient les sentiments que nous éprouvons. J'espère seulement que vous serez en mesure de tenir parole.

Hélaine ne lui répondit pas. Elle sortit discrètement par la porte et disparut dans la nuit. Le temps que Score et les autres la rejoignent, elle avait à ses pieds deux gardiens inconscients dont elle avait récupéré les fusils. Elle en lança un à Fargo et l'autre à l'un des hommes.

— Attachez-les et suivez-moi, ordonna-t-elle en poursuivant son chemin.

— Ça, c'est bien mon Hélaine ! dit Score à Fargo en souriant avec fierté.

— Elle est certainement efficace, concéda Fargo.

Il leur fallut moins de dix minutes pour mettre hors combat les autres gardiens et les attacher. Fargo ordonna à deux de ses hommes d'amener les prisonniers à l'édifice des surveillants et de les y emprisonner. Les autres firent la tournée des dortoirs pour en verrouiller toutes les portes.

L'aube ne s'était pas encore levée lorsqu'ils se retrouvèrent tous dans le bureau du surveillant. Six membres de leur « armée » avaient maintenant un fusil et ils affichaient tous une mine plus assurée. Fargo offrit l'un des fusils à Hélaine, qui secoua la tête.

— Ce n'est pas l'arme d'une guerrière, énonça-t-elle. Je préfère une épée ou un couteau de jet.

Elle foudroya Score du regard.

— Mais on m'a interdit d'en emmener avec moi, dit-elle rageusement.

— Nous ne savions pas que nous allions atterrir dans une zone de guerre, lui fit observer Score. Nous envisagions un petit voyage tranquille pour que les parents de Pixel fassent connaissance avec leur future bru. Les gens ne se présentent pas aux réunions de famille avec une épée, pas sur la plupart des mondes en tout cas.

Hélaine décida de ne pas prêter attention à l'explication de son ami.

— Alors, que faisons-nous maintenant, nous attendons l'arrivée de la police ? lui demanda-t-elle.

— Je déteste attendre, lui fit remarquer Score. Nous pourrions peut-être accélérer les choses un peu.

Il se dirigea vers le bureau du surveillant et commença à examiner l'endroit. Un ordinateur était encastré dans le dessus du bureau. Score n'avait jamais eu d'ordinateur, mais il en avait déjà utilisé un à l'école.

— Peut-être que je peux le faire fonctionner… osa-t-il dire.

L'écran était encastré dans la surface du bureau et le clavier était une simple projection sur la surface vitrée à une extrémité. Score s'assit et commença à pitonner.

L'écran s'alluma et un menu, incompréhensible pour lui, s'afficha.

— C'est le travail de Pixel, pas le mien, se plaignit le garçon.

Il y avait une sorte de souris sous la vitre et Score découvrit que, s'il la touchait du doigt, le curseur à l'écran se déplaçait. Au bout de quelques minutes de tâtonnements, il sentit qu'il commençait à s'y habituer.

Une des icônes représentait une image de caméra.

— La surveillance ? demanda-t-il à voix haute.

Il regarda Fargo et ses troupes qui attendaient impatiemment.

— Est-ce que vous savez ce que c'est ? s'enquit-il.

— Nous n'avions pas le droit d'utiliser d'ordinateur, lui rappela Fargo.

— Donc, c'est à moi à découvrir ce que c'est, conclut Score.

Il amena le curseur à l'icône de la caméra et cliqua dessus. L'écran montra une autre salle. Un homme s'y trouvait et cet individu sembla très surpris de voir une image de Score s'afficher à l'écran.

— Qui es-tu ? demanda-t-il. Qu'est-ce qui se passe ?

— Bonjour, je m'appelle Score et je suis le chef des rebelles. J'appelais pour t'aviser que nous vous déclarons la guerre et que notre armée s'apprête à vous envahir. Bonne journée.

Il cliqua de nouveau sur la caméra pour fermer l'icône avant que l'homme ne puisse répondre et se mit à rire.

— Voilà qui devrait précipiter les choses, dit-il gaiement.

— Notre armée les envahit ? fit Hélaine en fronçant les sourcils.

— Il fallait les inquiéter, c'est ma philosophie, de se défendre Score en haussant les épaules. S'ils perdent leur temps et gaspillent leur main-d'œuvre à rechercher une armée qui n'existe pas, c'est à notre avantage, n'est-ce pas ?

— Je pense que tu es cinglé, grommela Hélaine.

— Je crois que tu as raison, ma chère, renchérit Fargo.

Hélaine la foudroya du regard.

— Ne l'insulte pas, lui dit-elle d'un ton cassant. Il sait ce qu'il fait, du moins je le crois.

Elle se tourna vers Score.

— Tu sais ce que tu fais, j'espère ?

— Bien sûr, répondit-il en essayant de se montrer plus confiant qu'il ne l'était. Ce gars va faire rapport de ce que je lui ai dit et quelqu'un va essayer de communiquer avec les surveillants qui travaillent ici.

Un voyant commença à clignoter à l'écran.

— Comme prévu ! s'écria Score.

Il cliqua sur la souris et l'écran s'alluma. Un autre homme le regardait.

— Qui es-tu ? demanda l'homme.

— Ton laquais ne te l'a pas dit ? s'enquit Score. Si j'étais toi, je le renverrais. Je m'appelle Score et tu es de l'histoire ancienne. Maintenant, disparais de ma vue, j'attends le rapport de mon armée.

Il éteignit l'écran à nouveau et se frotta les mains.

— Les surveillants doivent être dans tous leurs états, conclut-il. Ils savent que ce ne sont plus leurs hommes qui commandent ici et il faut donc nous attendre à ce qu'ils nous envahissent bientôt.

— Imbécile, le baraquement est très grand, lui fit remarquer Hélaine en soupirant. Les agents de police peuvent escalader le mur à n'importe quel endroit. Comme nous ne sommes que sept, nous ne pouvons patrouiller tout le baraquement. Nous allons nous faire rosser.

— C'est parce que tu ne réfléchis pas comme un ordinateur, lui rétorqua Score d'un ton suffisant. Les ordinateurs réfléchissent de façon linéaire. Les policiers arriveront par la porte principale. Ce n'est que beaucoup plus tard qu'ils se mettront à escalader le mur et, d'ici là, nous serons partis.

— J'espère que tu as raison, grommela Hélaine.

« Moi aussi », se dit Score en son for intérieur. Il donnait l'impression d'être optimiste alors qu'en réalité il ne l'était pas. Cependant, il fallait qu'il ait raison car c'était leur seule chance de sauver Pixel.

— Avant que les gardes n'arrivent ici, commença Score, j'aimerais savoir comment nous rendre au bâtiment du superviseur. Nous confisquerons leur voiture et partirons avant la grande invasion.

— Je sais où est ce bâtiment et je te montrerai le chemin, lui dit Fargo.

— Excellent, se contenta de faire Score.

Il sourit à tous les esclaves présents.

— Maintenant, suivez-nous, leur ordonna-t-il, et vous verrez pourquoi je sais que nous allons remporter la victoire.

Il savait que ces adultes ne croyaient pas vraiment à ses capacités et à celles d'Hélaine ; ils devaient les voir tous les deux à l'œuvre pour se convaincre qu'ils gagneraient la petite guerre qui venait d'être déclenchée.

Il leur *fallait* remporter la victoire, sinon Pixel et Jenna seraient condamnés…

10

Hélaine, tapie dans l'ombre à côté de la porte principale, espérait de tout cœur que Score avait bien analysé la situation. Le garçon se montrait parfois effronté et même stupide mais, d'ordinaire, il savait ce qu'il faisait. Hélaine était complètement dépassée par la situation. Elle ne connaissait rien aux ordinateurs et elle avait de la difficulté à comprendre comment les gens d'ici avaient une minuscule machine dans la tête qui permettait à ce monstre d'Esprit supérieur de les contrôler. Par contre, quand venait le temps de se battre, le combat ne présentait pas de mystère pour elle. Ses doigts la démangeaient et elle aurait souhaité avoir amené son épée. Il lui fallait cesser d'écouter les autres quand ils l'assuraient que tout irait bien au cours des voyages qu'ils entreprenaient, ses amis et elle. Un problème finissait toujours par se produire.

Hélaine sentit l'imminence d'un danger et agrippa la poignée qu'elle avait prise sur le boyau d'arrosage. Cette poignée ferait un bon gourdin lorsque viendrait le moment de se battre.

— Ils sont là, murmura-t-elle à Score, qui hocha la tête et communiqua l'information.

Hélaine avait averti Fargo et les autres qu'il valait mieux pour eux de ne pas participer au combat cette fois-ci. La seule façon pour elle de convaincre les adultes de la suivre était de leur montrer qu'elle savait se battre.

Score avait raison jusque-là : seulement deux des véhicules qui glissaient sur le sol étaient arrivés, avec chacun deux agents à bord. Il n'y avait donc que quatre adversaires ! Si ces hommes n'avaient pas été armés de ces drôles de tubes qui paralysaient, Hélaine aurait pu les mettre hors combat en quelques secondes. Or, en raison de ces pistolets, elle devait se montrer plus prudente. Elle se rendit compte, à son grand chagrin, que le mieux était de recourir à la magie. Ce n'était pas la méthode habituelle d'un combattant, mais la vie de Pixel et de Jenna valait plus qu'une bataille loyale.

Hélaine saisit son saphir et prépara son pouvoir de lévitation. Elle sentit que Score se servait lui aussi de ses pierres précieuses. Elle s'avança vers le premier agent qui se dirigeait vers l'entrée principale, le pistolet prêt. D'un coup sec, Hélaine le lui arracha des mains et le jeta au loin. L'homme poussa un cri de surprise et se précipita vers son arme. Hélaine l'aida en lui soulevant les pieds ; il tomba de tout son long.

L'une des deux agentes poussa un cri étranglé et s'effondra. Hélaine sourit ; Score devait se servir de son pouvoir de transformation pour fabriquer du gaz anesthésiant ! Si elle voulait se montrer meilleure que lui, elle devait être la première à atteindre ses cibles. Elle utilisa son saphir pour arracher le fusil de la main des deux autres agents et sortit de sa cachette pour les attaquer.

Les agents s'attendaient à des ennuis, mais pas à faire face à une jeune fille armée seulement d'un gourdin. L'homme le plus près se mit en position défensive, ce qui ne lui fut d'aucune aide. Hélaine fit tournoyer son gourdin et lui asséna un coup sur le bras.

L'homme hurla de douleur lorsque son os se cassa. Hélaine lui asséna ensuite un coup sur la tête qui lui fit perdre connaissance.

La dernière agente sentit ses genoux se dérober sous elle et s'évanouit avant de s'affaler par terre. Score avait mis hors combat deux adversaires ! Hélaine asséna un coup de gourdin à celui qu'elle avait fait trébucher et lui fit perdre conscience.

Le combat n'avait pas duré plus de dix secondes.

Hélaine se redressa et regarda autour d'elle alors que les autres sortaient de leur cachette pour venir la rejoindre.

— Êtes-vous maintenant convaincus que nous avons une chance ? demanda-t-elle à Fargo et à ses compagnons.

Fargo regarda fixement les agentes inconscientes.

— Que leur est-il arrivé ? demanda-t-elle. Personne ne les a touchées.

— C'est la magie, lui expliqua Score en souriant. Je peux mettre les gens hors combat de loin.

— C'est un pouvoir utile, convint Fargo.

Elle se tourna ensuite vers Hélaine.

— Tu es une bonne combattante et je parle d'expérience. Nous allons maintenant suivre vos ordres. Que voulez-vous de nous ?

— Nous devons nous rendre à l'endroit où mes amis sont détenus, lui répondit Hélaine.

Elle se dirigea vers l'un des véhicules qui étaient garés et en examina l'intérieur. La conduite de ce drôle d'engin lui semblait compliquée. Elle se tourna vers Fargo.

— Sais-tu comment faire fonctionner ces machines ? lui demanda-t-elle.

— Je pense que oui, répondit Fargo en jetant un coup d'œil aux manettes. Ça semble relativement simple.

— Pourrais-je le faire, moi ? supplia Score. Je n'ai jamais obtenu mon permis de conduire sur Terre et j'ai toujours eu envie d'être au volant d'un véhicule.

— Je crois que nous ferions mieux de laisser quelqu'un qui s'y connaît en la matière s'en occuper, répondit Hélaine.

— Rabat-joie, murmura Score.

Hélaine ne lui prêta pas attention et se tourna vers les autres.

— Fargo, Score et moi prendrons ce véhicule. Vous quatre, vous prendrez l'autre. Lorsque nous arriverons au bâtiment, nous attaquerons tous les deux, Score et moi. Joignez-vous à nous seulement si vous jugez que nous avons besoin d'aide.

L'un des hommes éclata de rire.

— Vous croyez être capables, ton ami et toi, de mettre hors combat à vous seuls le superviseur du secteur et tout son personnel ! s'étonna-t-il. La jeune, tu es certainement une bonne combattante, mais tu es aussi complètement folle.

— Ne la traite pas de folle, gronda Score. C'est un droit qui m'est réservé. Mais dans ce cas-ci, elle sait ce qu'elle fait. Cet Esprit supérieur croit que nous sommes ici en train de nous préparer à déclencher la guerre. Lorsqu'il verra que ses gorilles ne lui font pas rapport, il enverra d'autres troupes, prêtes cette fois-ci pour la bataille. Il leur faudra du temps avant de s'apercevoir qu'il ne se passe rien ici. Nous aurons atteint la base d'ici là ; les troupes seront *ici* et, nous, nous serons là-bas. Quelques gardiens y seront probablement encore, mais ils ne se rendront pas compte qu'ils doivent se protéger contre un danger. Ce sera leur premier combat et ils ne sont pas habitués aux ennuis.

— Score a raison, confirma Hélaine. Nous sommes des combattants alors qu'ils ne sont que des techniciens. Nous devrions être en mesure de riposter facilement à leurs attaques. Une fois que Pixel sera libéré, il saura quoi faire pour rétablir la situation.

— Vous avez vraiment confiance en votre ami, lui fit remarquer l'homme.

— C'est la personne la plus intelligente que je connaisse, répondit simplement Hélaine. Pixel est aussi natif de votre monde. Il comprend donc comment les choses se passent ici. Une fois qu'il sera avec nous, il pourra tout résoudre.

C'est du moins ce qu'elle espérait ! Or, à vrai dire, elle faisait vraiment confiance à Pixel. Une fois que les quatre seraient réunis à nouveau, Hélaine était certaine qu'ils trouveraient une solution à ce bourbier.

— Bon, dit Score, assez de bavardage. Attaquons-nous maintenant à l'Esprit supérieur.

Fargo et les autres se regardèrent.

— Nous pourrions perdre, fit simplement remarquer Fargo, et peut-être même mourir, mais ce serait préférable à la vie que nous menons depuis des années. Il se pourrait aussi que ces deux jeunes adolescents un peu fous sachent ce qu'ils font.

Les hommes réfléchirent un moment, puis finirent par hocher la tête en signe d'acquiescement.

— Bon, nous acceptons, confirma Fargo à Hélaine en esquissant un léger sourire. Allons-y.

Elle monta dans le véhicule et se mit aux commandes.

Hélaine et Score montèrent derrière elle. Fargo toucha une commande et les portes se refermèrent. Elle fit ensuite démarrer le véhicule. Hélaine fut agréablement surprise de voir que le moteur était pratiquement silencieux. Elle se souvenait que celui du taxi qu'ils avaient pris à New York était extrêmement bruyant. Le véhicule s'éleva un peu dans les airs puis avança. Même si Hélaine savait que l'engin était propulsé à l'aide d'une technologie quelconque, elle trouvait que le processus ressemblait beaucoup à la lévitation. Il n'y avait peut-être pas une grande différence entre la science et la magie après tout.

— Pensez-vous vraiment que la présence de votre ami Pixel fera une différence ? demanda Fargo aux deux amis par-dessus son épaule, tout en conduisant.

— Fais-moi confiance, l'assura Score, Pixel est le cerveau de notre petit groupe.

— Tous les deux, vous vous débrouillez bien sans lui, répliqua Fargo.

— Alors, imagine-toi ce que nous pourrons accomplir en sa compagnie, répondit Score en souriant. Pour être honnête, je dois dire que j'improvise au fur et à mesure tandis que Pixel *planifie* tout.

— Oui, je l'ai remarqué, lui confia Fargo, mais, pour une raison que j'ignore, j'ai une grande confiance en vous deux. Pendant des années, j'ai rêvé de pouvoir faire quelque chose, mais je ne savais pas quoi. J'ai donc fait passer ma rage sur les autres esclaves et les ai arnaqués parce que j'en avais la possibilité. Pour être franche, je dois avouer que ça me donne plus de plaisir de me battre contre l'Esprit supérieur. Même si je perds, je ne le regretterai pas.

Hélaine sourit.

— Ça vaut toujours la peine d'agir honorablement, déclara-t-elle. Même lorsqu'on perd, on est fier de s'être battu pour une noble cause… mais je ne m'attends pas à un échec.

— C'est parce que tu ne connais pas le pouvoir de l'Esprit supérieur, lui souligna Fargo avec pondération.

— Tu as probablement raison, concéda Hélaine. Je ne comprends pas vraiment les ordinateurs, mais je m'y connais en combat. Et il s'agit d'un combat.

— Et elle ne perd jamais, précisa Score.

Hélaine était émue de voir que son ami semblait fier d'elle.

— Disons pratiquement jamais, poursuivit le garçon, et surtout pas quand ça compte.

— Heu, merci bien… de dire simplement Hélaine.

— Je suis franc, protesta Score.

— Tu as choisi le mauvais moment pour commencer à l'être, se plaignit la jeune fille.

— Dites donc, vous deux, les interrompit Fargo en gloussant, est-ce que vous vous aimez ou si vous vous détestez ?

— Un peu des deux, conclut Hélaine. Il lui arrive d'être agaçant au possible. Il lui arrive aussi de se montrer quelque peu prévenant.

— Merci ! fit Score d'un ton râleur. Et elle peut être enquiquinante avec ses idées stupides sur la noblesse et sur ce qui est bien ou mal, mais je mets souvent ma vie entre ses mains sans hésiter.

— J'aimerais moi aussi rencontrer quelqu'un en qui j'aurais autant confiance, avoua Fargo d'une voix mélancolique.

— Quoi, tu t'ennuies des chamailleries continuelles ? lui demanda Score en souriant. Lorsque tout sera terminé et que l'Esprit supérieur sera de l'histoire ancienne, tu pourras peut-être rencontrer l'âme soeur. Lorsque ce programme informatique tentaculaire sera effacé, les gens reprendront le contrôle de leur vie.

— Ce ne sera pas si facile, le mit en garde Hélaine. En ce moment, c'est l'Esprit supérieur qui contrôle tout. Une fois qu'il sera supprimé, la société se dissoudra et il faudra tout recommencer. C'est un processus douloureux et difficile.

— Mais, une fois qu'ils auront repris le contrôle de leur cerveau, les gens seront en mesure de régler les problèmes, lui fit valoir Score. Si l'on prend Pixel comme référence, les gens d'ici, une fois sortis de la réalité virtuelle, sont très intelligents.

— Peut-être, concéda Hélaine.

Elle s'interrompit, flairant un danger.

— Arrête le véhicule, ordonna-t-elle abruptement à Fargo.

— Hein ? fit la conductrice en obéissant à l'ordre. Qu'est-ce qu'il y a ?

— Je pressens un danger, lui expliqua Hélaine. C'est un don que j'ai.

Elle scruta les rues sombres et vides, mais ne vit rien.

— Une embuscade ? supposa Score.

— Silence ! ordonna Hélaine en secouant la tête.

Elle prêta une oreille attentive et entendit un bruit d'aboiement.

— Des chiens de chasse, signala-t-elle.

— Tu as une ouïe ultrasensible, s'étonna Fargo. Le bruit est tellement furtif. Les chiens ne peuvent cependant pas être à nos trousses.

— Ils pourchassent quelqu'un, lui fit remarquer Hélaine.

— Qu'est-ce que ça a à voir avec nous ? lui demanda Fargo, perplexe. Nous ne pouvons pas nous permettre de nous laisser distraire si nous voulons sauver ton ami.

— Ce n'est pas si simple, lui expliqua Hélaine. La personne pourchassée par ces chiens ne pourra pas les repousser seule. Elle aura besoin de notre aide.

— De toute façon, fit lentement remarquer Score, il ne fait pas encore jour et nous sommes dans un quartier résidentiel.

Il montra de la main les maisons silencieuses du voisinage.

— Tous les bons maniaques de la technologie sont couchés, fit-il observer. Qui serait
dans la rue à cette heure-ci ?

Hélaine saisit tout de suite.

— Pixel et Jenna ! s'exclama-t-elle. Ils se
sont peut-être déjà enfuis !

— Et s'il s'agit de Pix, tu sais qu'il sera
épouvanté, répliqua Score. Te souviens-tu de
la fois où les chiens de chasse lui ont flanqué
une peur bleue ?

Fargo secoua la tête.

— Il ne peut sûrement pas s'agir de votre
ami ! protesta-t-elle.

— Que ce soit lui ou pas, ça importe peu,
déclara Hélaine d'un ton ferme. La personne
qui est pourchassée a besoin de notre aide et
nous devons aller à son secours.

— Tu es folle, riposta Fargo.

— Oui, elle l'est, convint Score, mais elle
a aussi raison. Nous ne pouvons pas laisser
cette personne se faire lacérer. Alors, redé-
marre et dirige-toi vers l'endroit d'où vient le
bruit.

Fargo marmonna quelque chose entre ses
dents avant de faire faire volte-face au véhicule et de se diriger vers la source des aboiements.

Hélaine avait parfois eu l'occasion d'accompagner son père alors que ce dernier s'adonnait à la chasse avec ses chiens. Elle avait toujours aimé poursuivre et rabattre le gibier. Par contre, maintenant qu'elle savait que dans ce cas-ci le gibier était un être humain, l'idée d'une poursuite ne lui semblait plus aussi enivrante. Et, d'après ce que lui avait raconté Pixel, elle savait que ces chiens étaient affamés et féroces et qu'ils étaient prêts à déchiqueter et à dévorer tout ce qu'ils trouveraient. Peut-être était-elle stupide et Fargo avait-elle raison de dire qu'ils allaient perdre un temps précieux qu'ils auraient pu consacrer à sauver Pixel. Or, elle ne pouvait tout simplement pas tourner le dos à une personne dans le besoin, quelle qu'elle soit.

Score pouvait lui aussi avoir raison. Elle et lui avaient tenu pour acquis que Pixel et Jenna avaient besoin d'aide. Cependant, leurs deux amis étaient très astucieux et ils pourraient avoir déjà recouvré leur liberté, auquel cas c'était fort probablement eux qui faisaient l'objet de la poursuite. Les chiens n'allaient pas rater cette occasion. De toute façon, la personne qui était dehors en plein milieu de la nuit était un allié possible, quelqu'un qui se servait de son cerveau.

Hélaine sentit croître en elle l'angoisse et l'anticipation. Elle n'avait pour armes que son gourdin et sa magie. Cela suffirait-il contre des chiens meurtriers ? Elle n'avait pas le choix.

Au volant du véhicule, Fargo explorait les rues. Ce drôle de machin étant silencieux, Hélaine pouvait entendre les chiens aboyer de plus en plus fort à mesure que le trio se rapprochait d'eux. Elle se crispa, serra son gourdin et se prépara à sauter du véhicule dès que celui-ci s'arrêterait. Elle sentit que Score, à ses côtés, était crispé lui aussi.

— Reste dans la voiture, ordonna Hélaine à Fargo. Lorsque nous sortirons, ferme les portières. Quoi qu'il arrive, tu seras en sécurité.

— Mais il ne nous arrivera rien, ajouta précipitamment Score, sauf que nous allons réduire en miettes des clebs galeux.

Hélaine ne le croyait pas aussi rassuré qu'il en donnait l'impression, mais elle ne comptait pas saper l'assurance dont il faisait preuve. Elle aurait besoin de lui lors de ce combat. D'après le son des aboiements, il devait bien y avoir une douzaine de chiens aux alentours : tous des tueurs maigres et affamés.

À un tournant, Hélaine vit la meute en avant d'eux. Il était difficile de compter à cette distance, mais il y avait bien une douzaine de chiens comme elle l'avait supposé. Les bêtes étaient de races différentes, mais la totalité d'entre elles étaient musclées et grondaient férocement. Les chiens étaient concentrés sur la chasse et ne prêtèrent aucune attention au véhicule qui se rapprochait. Hélaine vit un peu plus loin la proie qu'ils pourchassaient : deux jeunes filles qui s'enfuyaient aussi vite qu'elles le pouvaient.

Abasourdie, elle reconnut Jenna dans l'une des jeunes filles. Elle lança un coup d'œil à Score et vit qu'il avait aussi reconnu leur amie.

— C'est le moment, dit-elle doucement.

Fargo arrêta le véhicule et Hélaine et Score en sautèrent. Les chiens semblèrent tout à coup conscients de l'arrivée d'étrangers. Plusieurs firent demi-tour et Hélaine se retrouva soudain entourée de gueules baveuses, grondant férocement, les crocs prêts à attaquer.

11

Pixel était atterré par le choix qu'il devait faire : collaborer avec l'Esprit supérieur et l'aider à étendre le mal aux autres mondes du Diadème ou refuser et voir Donée et Jenna torturées et tuées devant ses yeux. Il ne pouvait se résoudre à se décider : d'un côté, il pourrait voir disparaître deux personnes qui lui étaient très chères ; de l'autre, il pourrait faire en sorte qu'un nombre astronomique de gens soient réduits en esclavage et que leur cerveau soit mené à une mort inéluctable.

Il lui fallait absolument trouver une autre possibilité, mais il n'y en avait pas. L'Esprit supérieur avait tout planifié soigneusement et n'avait laissé aucune échappatoire. Il contrôlait tout.

Tout…

Le garçon vit un maigre espoir poindre à l'horizon. L'Esprit supérieur contrôlait tout, mais si ce désavantage était transformé en avantage…

Pixel se redressa dans son fauteuil.

— Je ne te crois pas, déclara-t-il.

— Comment ? fit l'Esprit supérieur. Ai-je l'air décontenancé ? Manquerais-tu de logique, par hasard ?

— Bien sûr que non, rétorqua Pixel. Je ne te crois tout simplement pas lorsque tu prétends détenir Donée et Jenna. Si ces filles ne sont pas tes prisonnières, tu ne pourras pas leur faire de mal.

— C'est ridicule, reprit l'Esprit supérieur. Tu peux voir que ces deux gamines sont sous mon contrôle. Tu n'as qu'à observer la torture que je vais leur infliger.

— Comment veux-tu que je sache si cette torture est réelle, demanda Pixel d'un ton insistant. En autant que je sache, je suis peut-être dans la réalité virtuelle. Tout ce que je vois autour de moi – y compris les deux filles – pourrait tout simplement être ce que tu veux que je voie. Et si tu ne détiens pas les deux filles, tu emploies tout simplement la ruse pour m'amener à collaborer. C'est une déduction logique de ma part, non ?

— En effet, convint l'Esprit supérieur. J'aurais été capable de faire ce que tu viens de dire, mais je t'assure que je ne l'ai pas fait. Je tiens réellement tes deux amies en otage.

— Je n'en ai aucune preuve, lui fit valoir Pixel. Et comme tu as un besoin urgent de ma collaboration pour mettre tes plans à exécution, il se pourrait bien que tu mentes pour l'obtenir. Alors, je te le répète, je ne crois pas que tu détiennes réellement Donée et Jenna. Et comme ces filles ne sont pas tes prisonnières, tu ne peux pas leur faire du mal.

— Tu te comportes de manière stupide, riposta l'Esprit supérieur. Donée et Jenna sont mes prisonnières et je suis prêt à les torturer et même à les tuer. Que tu me croies ou non, elles souffriront et mourront.

— Non, insista Pixel. Tu mens et tu ne peux me prouver que tu dis la vérité. Comme je suis persuadé que tu essaies de me tromper, toutes tes menaces ne me touchent pas. Je suis convaincu qu'elles ne sont que du vent. Ainsi, si tu me *dis* la vérité et que les filles sont tes prisonnières, tu ne gagneras rien à leur faire du mal puisque je ne t'en croirais pas capable. Et si tu mens, ce que j'aurai l'impression que tu es en train de faire aux filles ne sera pas réel et ne me touchera donc pas. De toute façon, tu n'as rien à gagner, que tu fasses du mal à mes amies ou que tu prétendes le faire.

Il y eut un silence.

— Ta logique est impeccable, convint l'Esprit supérieur.

Pixel éprouva un immense soulagement. En fait, *il* mentait : il était convaincu que ses amies étaient prisonnières de l'Esprit supérieur. Cependant, ce monstre devait envahir le cerveau du garçon pour en vérifier les pensées et détecter le mensonge. Pixel se dit qu'il ne permettrait jamais qu'une telle chose se produise.

— Toutefois, fit doucement la voix, tu oublies un petit détail : que tu en sois ébranlé ou non, je *peux* torturer tes amies et les tuer. Même si ce détail ne produit pas d'effet sur toi, les filles souffriront.

— Mais ça ne te donnerait rien d'agir ainsi, soutint Pixel, qui se sentait soudainement effrayé.

— Peut-être, convint l'Esprit supérieur. Par contre, si je tue l'une des jeunes filles, l'autre collaborera avec moi pour éviter le même sort. De toute façon, si je ne peux me servir de tes amies pour t'obliger à collaborer, ces jeunes demoiselles ne me seront d'aucune utilité. Dans ce cas, je ferais mieux d'ordonner sans tarder leur torture et leur exécution. Des membres de mon personnel seraient très heureux de s'atteler à cette tâche.

Pixel ne savait pas s'il était acculé au pied du mur par l'Esprit supérieur, mais il était clair que sa tentative de faire preuve de plus de logique que l'ordinateur avait échoué. Ses espoirs étaient anéantis.

— Ça n'a aucune importance, dit-il lentement. Même si tu me persuades que Donée et Jenna sont en ton pouvoir, je ne céderai pas. Ce serait deux vies contre des millions. Même s'il s'agit de deux personnes qui me tiennent vraiment à cœur, je ne pourrais jamais accéder à ta demande pour t'aider à répandre le mal. Quels que soient les sévices que tu m'infliges ou que tu leur fais subir, je ne te dirai jamais comment quitter ce monde. La seule idée que tu aies réussi à contrôler cette planète est tellement horrible que je ne t'aiderai jamais à en subjuguer d'autres.

— Tu es têtu et stupide, déclara l'Esprit supérieur. Maintenant que je sais qu'il est possible d'emprunter des passerelles spatiales pour passer d'un monde à l'autre, j'ordonnerai à mes scientifiques de faire des recherches jusqu'à ce qu'ils découvrent comment y parvenir. Tes amis et toi mourrez donc en vain.

Pixel secoua la tête.

— Tes dociles scientifiques ne seront jamais en mesure de comprendre comment sont créées les passerelles, l'avisa-t-il. Tu ne réussiras jamais de cette façon et notre mort aura été vaine. Un esprit malfaisant comme le tien doit être détruit. Même si tu me tues, d'autres lutteront contre toi et réussiront à te vaincre. Le temps qui te reste est limité et ta fin est assurée.

— Tu es stupide, décréta l'Esprit supérieur. Personne ne peut me tenir tête ni me nuire. Je contrôle tous les habitants de ce monde.

Pixel parvint à esquisser un faible sourire.

— Et qu'en est-il des habitants des *autres* mondes ? demanda-t-il. Jenna, par exemple, n'est pas de Calomir, ce que te démontrerait un simple coup d'oeil. Sa peau n'est pas de la bonne couleur et ses oreilles n'ont pas la bonne forme. Elle vient d'une autre planète. D'autres comme elle envahiront ton monde. Tu ne peux exercer un contrôle sur elle, ce que tu ne pourras pas non plus faire sur eux.

Le superviseur de la section neuf écoutait en silence et, à ces paroles, il sursauta légèrement. Pixel s'en rendit compte. L'Esprit supérieur s'en aperçut aussi.

— Qu'est-ce qui se passe, superviseur ? demanda-t-il.

— D'autres sont déjà ici, confessa le superviseur en baissant légèrement la tête de honte. La patrouille policière a cueilli plus tôt deux autres jeunes à la peau pâle et aux oreilles déformées.

— Pourquoi ne m'en as-tu pas informé ? lui demanda l'Esprit supérieur.

Pixel était certain qu'il s'agissait de Score et d'Hélaine. Ces derniers avaient donc été faits prisonniers à leur tour. L'étaient-ils encore ?

— Ça ne me semblait pas important, répondit le superviseur. Il ne s'agissait pas d'utilisateurs et je me suis donc dit que c'étaient des Automates en fuite. Nous les avons emmenés au baraquement le plus proche.

Il y eut une courte pause, puis l'Esprit supérieur prit la parole.

— J'ai reçu des rapports de révolte dans ce baraquement, fit-il remarquer. Des agents y ont été envoyés pour faire enquête. Leur rapport aurait dû me parvenir.

Pixel sentit l'excitation le gagner : Hélaine et Score donnaient du fil à retordre à ces agents ! Le garçon se dit que les choses tournaient à son avantage.

— Ce sont mes amis, précisa-t-il d'un ton ferme. Ils possèdent des habiletés que vous seriez bien en mal d'imaginer. Vous pourriez nous tuer tous les trois ici, mais ces deux-là vous le feraient payer. Ils vous détruiraient.

— Il leur serait *impossible* de le faire, rétorqua l'Esprit supérieur. Personne ne le peut.

— Ils le peuvent et ils le feront, renchérit Pixel, surtout si tu touches à Jenna ou à moi.

Il savait qu'il devait faire réfléchir l'Esprit supérieur. Si Score et Hélaine étaient libres, ils viendraient sûrement à sa rescousse. S'il parvenait à trouver des faux-fuyants jusqu'à leur arrivée, les deux jeunes filles seraient saines et sauves.

— Ton seul espoir est de nous garder en vie, poursuivit-il.

— Tu as mentionné qu'ils me détruiraient quoi que je fasse, lui souligna l'Esprit supérieur. Il importe donc peu que je tue ou non ces filles.

— Je ne te parlais pas, lui fit remarquer Pixel. Je m'adressais à ton sbire, le superviseur de section. C'en est effectivement fait de toi mais, lui, *il* peut se racheter en nous sauvant.

Pixel vit que l'homme le regardait, en état de choc. Il était évident qu'il n'avait pas compris qu'il courait lui aussi un danger.

— Ce superviseur obéira à mes ordres, affirma l'Esprit supérieur.

— En es-tu sûr ? demanda Pixel. Je suis certain qu'il te dira qu'il acceptera de t'obéir, mais peux-tu être certain qu'il le fera lorsque la guerre sera déclenchée ?

— Il obtempérera à mes ordres ou je prendrai le contrôle de son esprit grâce à la puce dont il est doté, répliqua l'Esprit supérieur.

— Oui, mais de combien d'esclaves peux-tu contrôler le cerveau ? s'enquit Pixel. Je t'assure que *toute* personne qui nous aidera sera épargnée. Les autres périront en même temps que toi.

Pixel mentait, mais ni l'Esprit supérieur, ni le superviseur, ni aucune personne qui serait en train d'écouter la conversation n'en aurait la certitude.

— Tu es condamné, espèce de virus informatique proliférant ! poursuivit-il. Tu ne peux nous arrêter tous et certains d'entre nous réussiront à t'atteindre. Vérifie donc ce qui se passe en ce moment. Je te parie que tu ne sais même pas où sont mes amis.

Sur le mur qui lui faisait face, des images commencèrent à défiler à une vitesse telle que ses yeux n'arrivaient pas à suivre alors que l'Esprit supérieur commençait à scruter toutes les caméras positionnées dans la ville. Une image s'immobilisa quelques secondes ; elle montrait l'intérieur d'un édifice. Plusieurs agents de police, inconscients, étaient attachés.

— Bon, tu sais au moins où ils étaient, gloussa Pixel à l'intention de l'Esprit supérieur. Tu es en train de perdre le contrôle de ce petit monde bien ordonné et tu ne le reprendras jamais.

Pixel voulait à tout prix croire à ses affirmations, mais il n'était pas convaincu que même Score et Hélaine puissent battre ce monstre. Ses amis étaient cependant sa seule chance de s'en sortir.

L'Esprit supérieur ne lui répondit pas, mais les images recommencèrent à défiler. Pixel jeta un coup d'œil au superviseur. Était-il possible de l'amener à changer de camp ? Un programme informatique était incapable de comprendre la peur, mais un humain le pouvait. Pixel voyait la sueur qui perlait sur le front de l'homme. Le superviseur commençait manifestement à s'inquiéter, et c'était bon signe.

— L'Esprit supérieur va perdre, lui annonça Pixel. Mes amis et moi, nous possédons des pouvoirs qu'il est incapable de comprendre. Aide-nous et nous te traiterons bien.

Le superviseur se passa la langue sur les lèvres.

— Tu n'as aucun pouvoir, riposta-t-il d'une voix qui manquait de conviction. Tu n'es qu'un prisonnier sans défense.

— Sans défense ? répéta Pixel.

Il se concentra. Ses gemmes lui avaient été confisquées de sorte que ses pouvoirs étaient moindres ; malgré tout, il gardait certains pouvoirs magiques de base. Il était en mesure d'exercer un contrôle sur l'élément Feu ; or, l'électricité était une forme de feu. Le garçon était attaché à la chaise par des serre-brides aux poignets et aux chevilles et ces serre-brides étaient fermés par des forces magnétiques. Il se concentra fort pendant que l'Esprit supérieur était occupé à la recherche de Score et d'Hélaine. Pixel sentit la montée du pouvoir dans les câbles de la chaise. Un petit peu de magie pour faire dévier la puissance…

Les serre-brides s'ouvrirent et Pixel se leva.

— Je ne suis pas si sans défense que ça, annonça-t-il en souriant.

— Comment es-tu parvenu à te dégager ? lui demanda l'Esprit supérieur. Ç'aurait dû être impossible.

— C'est ce que je dis depuis le début, riposta Pixel. Mes amis et moi pouvons accomplir des choses que tu ne comprendras jamais.

Il recourut à nouveau à sa magie pour dégager Multiplette, qui se frotta les poignets et se leva d'un saut. Il passa à Jenna… et ne sentit rien.

— Ainsi, Jenna n'est pas vraiment ici, dit-il en souriant. Je parie qu'elle s'est déjà échappée.

D'après l'expression de choc que laissait transparaître le visage du superviseur, Pixel se dit que l'homme n'était pas au courant.

— L'Esprit supérieur ne te l'a pas dit… fit remarquer le garçon. Il ne veut peut-être pas que tu saches à quel point son emprise sur la situation est précaire ? Tu veux continuer à lui être fidèle ?

La reproduction visuelle de Jenna disparut de la pièce. Les images sur le mur cessèrent de défiler et s'arrêtèrent sur Jenna et la fille que les jeunes avaient rencontrée dans la Maison. Les deux étaient dans la rue, le soir, entourées d'une meute de chiens d'attaque. Pixel en fut saisi et effrayé, puis il secoua la tête.

— C'est encore une de tes ruses, dit-il à l'Esprit supérieur d'un ton ferme. Je ne le crois pas.

— Que tu me croies ou non, rétorqua l'Esprit, tes amies mourront. J'ai lancé mes chasseurs à leur poursuite.

— C'est toi qui *contrôles* ces chiens ? lui demanda Pixel.

Il avait toujours supposé que les chiens qui l'avaient attaqué étaient des bêtes égarées. Il se rendait maintenant compte qu'il s'agissait d'autres instruments de l'Esprit supérieur, des animaux sans défense, forcés de pourchasser des humains et de les tuer au commandement de l'entité informatique.

— En effet, concéda l'Esprit supérieur. Et ils dévoreront ces deux jeunes filles stupides. Elles cesseront de constituer une menace pour moi.

— Jenna n'est pas aussi dépourvue de ressources que tu le penses, lui rétorqua Pixel, réalisant qu'il croyait maintenant ce qu'il voyait.

Il se *pouvait* que les images soient une invention de l'Esprit supérieur destinée à l'amener par la peur à obéir, mais elles lui semblaient réelles. En dépit de l'assurance qu'il avait essayé de montrer, il n'était pas du tout certain des habiletés de Jenna. Ce n'était pas une guerrière comme Hélaine, mais plutôt une guérisseuse. Elle était douce et bonne, et ces chiens étaient des tueurs impitoyables...

L'écran projeta ensuite l'image de l'arrivée d'une voiture de patrouille. Pixel rit de soulagement lorsqu'il vit que Score et Hélaine en sautaient pour passer à l'action. Les images étaient donc bien réelles puisque l'Esprit supérieur n'aurait jamais osé montrer ces deux-là en train de sauver la vie de Jenna !

— Je te l'avais dit ! ne put s'empêcher de s'exclamer Pixel. Mes amis vont s'occuper de Jenna et ils viendront ensuite à ta recherche.

Il jeta un regard au superviseur, qui tremblait. Toute sa vie, cet homme avait cru en l'infaillibilité de l'Esprit supérieur et il avait maintenant la preuve qu'il était dans l'errance.

— Es-tu *toujours* certain d'être du côté des gagnants ? lui demanda Pixel d'un ton provocant. Les plans de ton programme informatique partent en fumée. L'Esprit supérieur est incapable de venir à bout de nous, crois-moi. Nous allons le détruire et faire disparaître tous ceux qui lui restent fidèles.

Le superviseur transpirait abondamment en serrant les poings. Il se sentait ébranlé dans les convictions qu'il avait épousées. S'il était poussé davantage, il changerait peut-être de camp. Il pourrait constituer une aide précieuse et Pixel se dit qu'il était important de le rallier à la façon dont il voyait les choses.

— L'Esprit supérieur a perdu, énonça Pixel. Il ne peut plus nous contrôler, mes amis et moi, et nous pouvons le détruire.

Il eut recours à la magie pour court-circuiter l'image sur le mur. Des étincelles et des flammes en jaillirent, faisant sursauter et crier le superviseur et Donée.

— Tout est fini pour l'Esprit supérieur, annonça Pixel au superviseur. Aide-nous à le battre !

— Tu ne peux pas gagner, insista l'Esprit supérieur.

Il s'adressa au superviseur.

— Suis mes instructions comme tu le fais toujours, lui dit-il. La fille, Donée, est remplaçable, tue-la !

Le superviseur transpirait et tremblait de plus belle. Il tendit la main vers l'arme glissée dans la gaine à sa hanche. Pixel savait ce qui arriverait si l'homme s'en servait contre Donée et il ne pouvait courir ce risque. Il utilisa à nouveau sa magie pour chauffer le revolver. Le superviseur cria de douleur, arracha le pistolet de sa gaine et le jeta au loin. Il tint sa main brûlée en gémissant.

— Espèce d'incapable, lui cracha l'Esprit supérieur. Tous les humains sont faibles et instables à moins que je ne les contrôle.

À sa grande horreur, Pixel vit le superviseur se redresser soudainement, ne prêtant plus attention à la douleur que lui causait sa main. Le visage sans expression, il se tenait parfaitement immobile.

— Que lui as-tu fait ? demanda Pixel d'une voix entrecoupée.

— J'ai activé sa puce, indiqua l'Esprit supérieur. Son cerveau est maintenant entièrement sous mon contrôle. Ton optimisme est exagéré, mais je suis maintenant convaincu que je ne te persuaderai pas par la logique. Comme tu refuses de me dire de ton plein gré ce que je veux savoir, tu ne me laisses pas le choix. Je vais activer ta puce.

Pixel était rempli d'horreur et de panique.

— Si tu fais ça, lui cria-t-il, tu pourrais perdre tout ce que je sais !

— C'est un risque que je vais devoir prendre, lui répliqua l'Esprit supérieur. Je ne peux plus te permettre de conserver ton autonomie.

Pixel ressentit dans sa tête une douleur soudaine et brutale. Il sentait que la puce s'activait et que la force de l'Esprit supérieur commençait à irradier en lui. Dans quelques secondes, son cerveau ne lui appartiendrait plus. Il serait incapable de penser de façon indépendante. Il ne serait plus qu'un corps qui ferait ce que l'Esprit supérieur lui ordonnerait. Ses pensées seraient à la merci de L'Esprit supérieur et celui-ci pourrait découvrir l'existence des portails.

« Si l'Esprit supérieur réussit à prendre possession de mon cerveau, se dit Pixel, le Diadème au complet risquera d'être condamné ! » Il devait l'empêcher… Alors que le puissant courant de l'Esprit supérieur déferlait dans son cerveau, le pauvre garçon ne trouva d'autre solution que de faire appel aux pouvoirs magiques qu'il possédait. Il alla à la racine même de son être et aspira tout ce qu'il y trouva pour combattre l'Esprit supérieur.

L'obscurité totale envahit son esprit.

12

Jenna et Donée avaient reculé devant la meute de ces horribles chiens qui grondaient et bavaient. Par instinct, Jenna aurait tenté de fuir, mais elle savait que ce serait une folie : les chiens chassaient en meute et, si elle se mettait à courir, ils se lanceraient à ses trousses et la tueraient. Elle vit que Donée s'apprêtait à s'enfuir et lui saisit le bras.

— Non, lui dit-elle d'un ton ferme. Ces bêtes féroces nous poursuivraient et nous attaqueraient. Nous ne devons pas bouger.

— Mais les chiens vont s'en prendre à nous de toute façon ! lui répondit Donée d'un ton désespéré. Ils comptent nous tuer !

— Nous devons rester calmes, insista Jenna. N'oublie pas que je possède des pouvoirs magiques qui pourraient nous sauver.

Elle serra si fort sa citrine qu'elle en eut mal à la main mais, pour ce qu'elle cherchait à faire, il lui fallait accéder à son pouvoir maximal.

— Nous ne sommes pas vos ennemies, murmura-t-elle aux chiens. Vous n'avez aucune raison de nous faire du mal. Nous ne sommes pas vos ennemies...

Il y eut un mouvement soudain et Jenna craignit un instant que les chiens ignorent son pouvoir de persuasion et qu'ils se précipitent vers elles. Elle vit ensuite que c'était en fait l'arrivée d'une de ces étranges voitures de police qui les excitait. Elle ressentit un moment de panique. Elle pourrait parvenir à exercer un contrôle sur l'esprit des chiens, mais il lui était impossible de s'occuper à la fois des agents de police.

À son grand soulagement, elle aperçut Hélaine et Score sortir en trombe du véhicule et courir vers les bêtes enragées. L'attaque fit oublier à quelques chiens son pouvoir de persuasion et ces derniers firent volte-face pour affronter leurs nouveaux adversaires.

— Non, cria Jenna à l'intention de ses amis. Ne leur faites pas de mal !

Score éclata d'un rire incrédule.

— Jenna, ils cherchent à te tuer et à te dévorer, et tu ne veux pas que nous leur fassions du mal ?

— Ce n'est pas de leur faute, insista la jeune fille. Ils obéissent à ce qui les contrôle. Je peux les maîtriser, j'en suis certaine.

Elle se concentra sur les chiens.

— Nous sommes vos amis, leur dit-elle. Vous ne pouvez pas nous faire de mal, vous nous aimez.

— Penses-tu qu'elle va réussir ? demanda Hélaine à Score.

— C'est Jenna, lui répondit-il. Elle parvient à se faire aimer des gens, n'oublie pas.

— Mais ces chiens ont une puce implantée dans leur cerveau, lui fit valoir Hélaine. L'Esprit supérieur ne cédera pas le contrôle aussi facilement.

— Peut-être pas, convint Score, mais j'ai une idée.

Les chiens continuaient à gronder et à montrer les crocs, mais ils n'attaquaient pas. Jenna luttait pour les convaincre qu'elle était leur amie, mais c'était une tâche ardue. Elle avait le front baigné de sueur et la tête commençait à lui faire mal de l'effort qu'elle avait fourni.

— Continue juste un peu plus long-temps, la pressa Score. Je crois avoir trouvé la solution.

Du coin de l'œil, Jenna le vit qui s'approchait de l'un des chiens en tendant délicatement la main. L'animal voulut se lancer sur lui et le déchiqueter, mais elle usa de son pouvoir afin de persuader la bête de rester calme et amicale.

Le chien finit par se rouler sur le dos, les pattes en l'air. Score lui gratta le ventre, avec un sourire béat.

— Et voilà, annonça-t-il gaiement. Ça marche. Arrange-toi pour que les autres toutous restent tranquilles encore un moment, Jenna, pour que je puisse faire mon travail.

Il s'approcha des autres chiens un à un et, en quelques secondes, ces derniers se montrèrent doux et soumis. Lorsqu'il se fut occupé du dernier, Jenna put relâcher son contrôle ; elle était d'ailleurs sur le point de défaillir. Les chiens gambadaient en aboyant joyeusement, en remuant de la queue et en léchant tous ceux qui s'approchaient d'eux.

— D'accord, dit Hélaine à Score. Tu es très fier de toi, mais explique-nous ce que tu as fait à ces bêtes.

Score arbora un grand sourire.

— Je me suis servi de mon pouvoir de changer les choses, dit-il en essayant, sans y parvenir, de ne pas se faire gloire de son exploit. Les puces sont faites de silicone et j'ai simplement transformé la silicone en oxygène et la puce s'est dissoute, annulant du même coup l'emprise de l'Esprit supérieur sur le cerveau des chiens. Le pouvoir de persuasion de Jenna a alors fonctionné et nous voici en présence de petits chiens d'appartement au lieu d'une meute de tueurs féroces.

Jenna ne comprenait pas de quoi il parlait, mais il était évident qu'il avait réussi.

— Je suis heureuse de vous voir, dit-elle.

Le chien le plus près d'elle, une grande bête musclée, se mit sur ses membres postérieurs, lui posa les pattes avant sur l'épaule et lui lécha le visage.

— Pas toi, lui indiqua-t-elle. Mes amis.

Le chien lui lécha le nez, sa queue frétillant d'allégresse.

— D'accord, je suis contente de te voir, toi aussi, lui dit-elle, mais je ne te lèche pas la face pour autant.

Elle lui gratta la tête et le chien redescendit sur ses pattes avec entrain.

Hélaine lança un regard un peu dur en direction de Jenna.

— Je suis heureuse de te voir saine et sauve, mais où est Pixel ? lui demanda-t-elle.

— Il est encore prisonnier de cette créature qu'on appelle l'Esprit supérieur, répondit Jenna. Donée et moi, nous nous sommes échappées, mais il nous faut maintenant aller à son secours.

Score jeta un coup d'œil à Donée qui continuait de trembler, mais cette fois-ci de soulagement de s'en être tirée de justesse. Il siffla.

— Eh bien, dis donc, je n'aurais jamais cru qu'une peau bleue et des oreilles pointues pouvaient être aussi séduisantes, commenta-t-il.

— Cesse de flirter, grommela Hélaine. Nous avons du bouleau à faire.

— Tu es jalouse, lui dit-il d'un ton accusateur, un léger sourire aux lèvres. J'aime ça chez une fille parce que ça veut dire qu'elle s'intéresse à moi.

Hélaine rougit.

— Je ne suis pas jalouse, lui fit-elle remarquer d'un ton bourru. Ton attitude désinvolte m'agace tout simplement. Nous avons du travail urgent à faire.

— Tu me l'as déjà dit, riposta Score.

Il se tourna vers Donée.

— Alors, que fais-tu après l'apocalypse ? lui demanda-t-il.

— Score, le gronda gentiment Jenna. Hélaine a raison, nous devons aller au secours de Pixel.

— Et vaincre l'Esprit supérieur, ajouta Hélaine. Tant que ce monstre est capable de contrôler leur cerveau, les gens de ce monde ne seront jamais libres.

— Bon, bon, se plaignit Score en haussant les épaules. On a bien le droit de s'amuser un petit peu... Il me semble que nous devrions poursuivre tout simplement notre plan original, c'est-à-dire retourner au quartier général de la section et attaquer. N'oublions pas que Jenna et Donée sont maintenant là pour nous aider. Nous constituons presque une armée.

Jenna gratta à nouveau la tête du chien.

— Avec quelques amis, fit-elle remarquer à Score. Ces chiens ne veulent pas nous quitter.

— C'est à cause de ta personnalité fascinante, répliqua le garçon d'un ton approbateur. Il est impossible de ne pas t'aimer.

— Vas-tu flirter avec toutes les filles sauf moi, lui demanda Hélaine, agacée.

— Mais je peux flirter avec toi si tu veux, riposta Score.

— Ce n'est pas ce que je voulais dire, protesta Hélaine. Concentre-toi sur la tâche qui nous attend ou je t'assène un coup sur la tête qui t'abrutira, ce qui n'est pas difficile dans ton cas.

— Elle est dingue de moi ! s'exclama Score en faisant semblant de chuchoter à l'oreille de Donée.

— Disons plutôt que tu me rends dingue, grommela Hélaine.

— S'il vous plaît, interrompit Jenna, sachant que ces deux-là pouvaient continuer le jeu pendant des heures. Nous devons secourir Pixel.

— Tu as raison, admit Hélaine. Montez tous dans le véhicule, mais n'amenez pas les chiens. Il n'y a pas assez de place pour eux.

— De toute façon, je ne veux pas avoir leur salive sur moi, en tout cas pas plus que je n'en ai déjà, dit Score en esquissant une grimace.

Le groupe monta dans la drôle de voiture et les jeunes filles furent présentées à Fargo, la conductrice. Cette dernière sursauta lorsque les chiens approchèrent, mais Jenna s'empressa de l'assurer que la meute était dans leur camp. Lorsque le véhicule se mit en marche, les chiens coururent en bondissant à ses côtés.

— Cela augmente nos chances, décréta Hélaine, d'un air presque gai. Tout le monde sait que la meute est dangereuse. Si nous lâchons les chiens dans les bureaux de la section, ils empêcheront la plupart des gens de s'approcher de nous. C'est comme si nous avions une petite armée.

— Ce sont de bonnes bêtes en réalité, rappela Jenna. S'ils ont fait du mal à quelqu'un, c'est parce que leur cerveau était contrôlé.

— À propos, interrompit Donée en se tournant vers Score. Ce que tu as fait aux chiens fonctionnerait-il sur les humains ?

— Ça devrait, répondit Score, mais je ne voulais pas l'essayer sur une personne en premier au cas où ça ne fonctionnerait pas. Maintenant que je sais que ça marche, je pourrais tenter l'expérience sur le prochaine personne que je rencontrerai.

— Essaie sur moi, lui ordonna Donée d'un ton ferme. Je ne veux pas que l'Esprit supérieur prenne le contrôle de mon cerveau et c'est ce qui risque de se produire si ce monstre juge que mon intelligence en vaut la peine.

Score réfléchit.

— Écoute, finit-il par lui dire, je sais que ma magie fonctionne sur les chiens, mais leur cerveau est beaucoup plus simple que celui des humains. Si je l'essayais sur toi, ce pourrait être dangereux.

— Il faut bien que tu l'expérimentes sur quelqu'un, lui fit remarquer Donée. Si ça fonctionne, tu pourras empêcher l'Esprit supérieur d'exercer son contrôle sur les gens, ce qui serait tout simplement merveilleux. C'est risqué, mais ça vaut mieux que de voir son cerveau annihilé.

Jenna, voyant la nervosité de Score, lui toucha le bras.

— Essaie, l'incita-t-elle. S'il se produit un pépin, je pourrai guérir Donée.

Score réfléchit un moment puis acquiesça. Il se pencha vers Donée et lui plaça les doigts sur la tête. Hélaine fit la moue.

— Est-il nécessaire de te tenir si près d'elle ? demanda-t-elle.

— Je dois opérer sur le cerveau, rétorqua Score. Alors, oui, il faut que je me colle à elle.

Puis il sourit.

— De toute façon, ajouta-t-il, c'est agréable. Cette fille se sert d'un shampooing qui sent très bon.

— Tu peux te compter chanceux que je n'aie pas mon épée avec moi, grommela Hélaine. Je pourrais être tentée de pratiquer une petite opération sur toi.

Jenna les connaissait assez tous les deux pour savoir qu'ils s'aimaient beaucoup. Elle ne comprenait toutefois pas pourquoi ils ne se l'avouaient pas. Score craignait de s'engager et Hélaine était simplement trop fière. Les deux semblaient attendre que l'autre se décide et aucun des deux ne voulait faire le premier pas. Jenna se dit que, lorsque les choses seraient revenues à la normale, Pixel et elle pourraient peut-être faire quelque chose à cet égard…

Ce qui importait en ce moment, c'était l'expérience en cours. Score se concentra et, lorsqu'il ferma les yeux, Jenna sentit la circulation de la magie. Lorsqu'il les rouvrit, il fixa Donée.

— Comment te sens-tu ? lui demanda-t-il.

— Très bien, répondit-elle. Commence dès que tu seras prêt.

Il la prit dans ses bras.

— Commencer ! s'étonna-t-il, extrêmement soulagé. Ma chère amie, j'ai fini. Je dirais que l'intervention a réussi.

Fargo jeta un coup d'œil en arrière.

— Tu pourrais donc maintenant pratiquer la même intervention sur n'importe qui, suggéra-t-elle à Score. De cette façon, tu éliminerais la puce de tous ceux que nous croisons.

— Je n'oserais pas, lui avoua Score. Pour que ma technique fonctionne, il a fallu que je sois en contact physique avec Donée et que je me concentre pendant qu'elle se tenait absolument immobile. Si une personne se débat ou que je ne la tiens pas dans mes bras, ça ne marchera probablement pas. Ce genre d'intervention est efficace sur une base individuelle, mais il ne peut servir d'arme.

— Au fait, lui dit Hélaine d'un ton froid, tu pourrais lâcher Donée. Elle ne va pas s'évanouir, tu sais.

— Pour l'extraordinaire travail que je viens d'accomplir, répliqua Score en se mettant à rire, je devrais avoir droit à une *petite* récompense, non ?

— C'est certain, lui rétorqua Hélaine. Et lorsque tout sera terminé, je m'assurerai que tu la reçoives. Passer une semaine dans des pansements devrait être suffisant…

Score lâcha Donée et essaya de prendre un air innocent. La jeune fille ne semblait pas mal à l'aise de l'attention que lui portait Score, ce qui agaçait Hélaine encore plus. Jenna savait que la colère aiderait cette dernière à se battre… Par contre, elle aurait souhaité que Score et Hélaine mettent les choses au clair entre eux.

— Nous arrivons, annonça Fargo. L'Esprit supérieur a dû comprendre que nous nous dirigions vers la section et il y aura sûrement un comité d'accueil à la porte.

— Oui, convint Hélaine, se concentrant maintenant sur la bataille à livrer. Mais l'Esprit ne sait pas ce qu'il aura à affronter. Il règne sur ce monde depuis longtemps sans que personne ne se soulève contre lui.

— Et c'est un programme informatique, précisa Score. Devant un nouveau problème, il commencera par appliquer d'anciennes solutions, sauf qu'il ne possède pas de données pouvant l'aider à lutter contre nous.

— C'est ce que tu espères, lui souligna Donée.

— Il nous *faut* tous l'espérer… murmura Jenna, tout en souhaitant qu'il n'est rien arrivé à Pixel et que nous serons en mesure de libérer les esclaves de Calomir. Les conséquences d'un échec sont trop dures à envisager.

— Nous n'échouerons pas, la rassura Score. Je te parie qu'en ce moment Pixel est en train de se moquer de l'Esprit supérieur. Lorsque nous engagerons la bataille de l'intérieur tous les trois, il nous sera difficile de perdre.

— Je te conseille de réfléchir un peu, se plaignit Hélaine. Score, ce n'est pas un jeu, mais bien une guerre.

— C'est vrai, avoua-t-il. Alors, vas-y en premier. Tu es la meilleure combattante de notre troupe et tu auras le dessus, peu importe ce qu'essaient ces imbéciles.

— Je te remercie de ta confiance, lui répliqua Hélaine d'un ton bourru. Je ne comprends pas cette société informatisée et je risque donc de ne pas être en mesure de riposter.

Donée se redressa.

— Je serai à tes côtés, lui annonça-t-elle. Je comprends ce monde et serai donc en mesure de t'aider.

Jenna espéra que ce serait assez. Le véhicule était arrivé au bâtiment d'où Donée et elle s'étaient échappées il n'y avait pas si longtemps. La jeune paysanne fut soudainement angoissée. L'idée de retourner à l'intérieur ne lui souriait pas, mais c'était la seule façon de sauver Pixel. Et elle n'avait nullement l'intention d'abandonner ce garçon un peu bizarre ou de laisser l'Esprit supérieur continuer de s'en prendre à son peuple.

Un étrange sentiment l'envahit. Elle eut un haut-le-cœur et éprouva un vertige. Elle lança un coup d'œil à Score et à Hélaine et vit que ses amis avaient ressenti la même chose. Fargo et Donée, par contre, ne semblaient pas affectées.

— Que s'est-il produit ? demanda Jenna d'une voix entrecoupée.

— Je ne sais pas, répondit Hélaine. On dirait qu'une énergie magique vient de me traverser.

— Moi aussi, dit Score, la mine sombre. Je ne sais pas ce qui se passe ici, mais je me sens affaibli…

— Comme Hélaine et moi, constata Jenna.

Elle savait qu'elle pouvait quand même recourir à ses capacités magiques, mais ses pouvoirs semblaient…*déréglés,* le seul mot qui lui venait à l'esprit.

— Croyez-vous que c'est l'œuvre de l'Esprit supérieur ? demanda-t-elle aux autres.

— Je ne vois pas comment, objecta Score. C'est un être de science. Je ne le crois pas capable de comprendre le concept de la magie et encore moins de créer une arme contre les capacités engendrées par cet art.

— La personne responsable de tout ça, ajouta Hélaine, voulait probablement nous affaiblir. Allons-nous quand même rentrer dans ce bâtiment ?

— Prendrions-nous le risque de ne pas le faire ? demanda Jenna, l'air inquiet. Si un seul coup de… ce qui nous a attaqués… a suffi à nous affaiblir, qu'arriverait-il si d'autres coups étaient dirigés contre nous ? Il faut peut-être passer tout de suite à l'action.

Hélaine sourit.

— Je finirai par faire une combattante de toi, fit-elle remarquer à Jenna. Tu as parfaitement raison. Attaquons sans tarder.

Elle sauta du véhicule sans se donner la peine de vérifier si les autres la suivaient. Donée sauta derrière elle, suivie de Score puis de Jenna, qui savait que son manque d'aptitude au combat faisait d'elle un fardeau en ce moment. Hélaine saisit son gourdin et se précipita vers l'entrée principale.

Contre toute attente, rien ne se produisit. Hélaine se dépêcha de rentrer, puis regarda autour d'elle, interdite… en constatant que la salle était vide.

Ses amis la rejoignirent.

— Est-ce que c'est un piège ? demanda Donée à voix basse.

— Si c'en est un, pourquoi n'a-t-il pas fonctionné ? demanda à son tour Hélaine. Je ne comprends pas ce qui se passe. Où sont les gens ?

— Surtout, rappela Score, où est Pixel ?

Il saisit le jaspe qui favorisait son pouvoir de vision.

— Je ne peux le voir, se plaignit-il, bien que j'aie le sentiment qu'il est au bout de ce couloir.

Il signala vers la droite.

— Ma magie ne fonctionne pas normalement, avoua-t-il.

— Ce *doit* être une sorte d'arme, fit remarquer Jenna.

Une pensée soudaine la fit frissonner.

— Peut-être l'Esprit supérieur a-t-il pris le contrôle du cerveau de Pixel et se sert-il des habiletés de notre ami ? avança-t-elle.

— Pixel ne l'aurait jamais laissé faire ça, lui fit valoir Score. Non, je ne crois pas que Pix soit en danger pour le moment, mais cessons de perdre notre temps.

Suivi des autres, il se dirigea vers l'endroit qu'il avait indiqué. Hélaine scrutait minutieusement les alentours. Jenna constata que son amie était très perturbée par ce qui se passait.

Où les gens étaient-ils passés ? se demanda-t-elle. Lorsque Donée et elle s'étaient enfuies, il y a moins d'une heure, l'endroit était rempli de monde. Quelque chose n'allait vraiment pas.

— C'est peut-être un congé férié, suggéra Score en plaisantant.

— Je doute fort que l'Esprit supérieur permette les congés fériés, riposta Hélaine, qui avait pris l'idée au sérieux, surtout aujourd'hui alors qu'il sait que nous comptons l'attaquer.

— Peut-être a-t-il fait évacuer le bâtiment pour éviter le massacre de victimes innocentes, suggéra Donée. Il pourrait être en train de préparer une attaque mortelle.

Il s'agissait là d'une pensée terrifiante !

— Non, répliqua Hélaine. Il aurait eu beaucoup trop peur de nous alerter s'il avait fait évacuer le bâtiment. Par ailleurs, ça me surprendrait qu'il soit préoccupé par le sort de personnes innocentes.

— Nous sommes arrivés, annonça Score à voix basse en signalant une porte fermée en avant de lui. Pixel est à l'intérieur.

Hélaine prit la tête du groupe.

— Je passe en premier, annonça-t-elle.

Elle enfonça la porte d'un coup de pied et entra. Les autres se précipitèrent à sa suite. Un grand sourire se dessina sur le visage de Jenna.

Pixel était bien là, libre, debout au milieu de la pièce. Un autre homme était également dans la salle, sauf qu'il gisait par terre, inconscient.

— Pixel ! s'écria Jenna, heureuse, en se dirigeant vers lui.

Pixel pivota sur lui-même et fit un geste d'un air glacial. Un feu magique frappa Jenna, qui en eut le souffle coupé et tomba, en proie à une douleur cuisante.

— Je suis désolé, dit le gars, l'air mauvais. Pixel n'est pas chez lui en ce moment. Veux-tu lui laisser un message ?

Hélaine, abasourdie, jeta un coup d'œil à Score.

— Qu'est-ce qui se passe ? lui demanda-t-elle. Est-ce que l'Esprit supérieur a pris le contrôle du cerveau de Pixel ?

— Non, répliqua Score. Il ne peut éprouver aucun sentiment et Pixel semble en proie à de vives émotions.

Jenna se servit de son pouvoir de guérison pour atténuer la douleur qu'elle ressentait.

— Ce n'est pas Pixel, déclara-t-elle, prise d'un frisson, se rendant compte qu'elle ne reconnaissait rien du corps familier auquel elle s'était habituée. Je ne sais pas qui est cette personne, mais ce n'est pas Pixel.

— Tu as tout à fait raison, fillette, lui répondit froidement celui qui n'était pas Pixel. Je ne suis pas ton petit ami.

— Qui es-tu alors ? lui demanda Score en se mettant en position d'attaque.

— N'y pense même pas, l'avertit le corps de Pixel. J'en sais beaucoup plus que toi au sujet de la magie. Si Hélaine ou toi essayez de m'attaquer, je vous brûlerai les nerfs du corps.

Jenna ne comprenait rien de ce qui arrivait et elle s'inquiétait sérieusement de la situation. Si un étranger habitait le corps de Pixel, qu'était-il advenu du garçon qu'elle aimait ?

— Qu'as-tu fait de Pixel ? demanda-t-elle au corps sans nom en se relevant avec difficulté.

— Tu es plus forte que tu n'en as l'air, lui répondit le corps. Je te conseille cependant de ne pas t'approcher, car la prochaine décharge pourrait être beaucoup plus forte.

Il sourit.

— Théoriquement, je n'ai rien fait de Pixel, expliqua-t-il. C'est plutôt le contraire.

— Qui que tu sois, tu parles pour ne rien dire, grommela Score. Vas-tu nous expliquer ce qui est arrivé ou veux-tu qu'on te flanque une raclée tout de suite ?

— Ce serait très stupide de ta part de t'y hasarder, lui répondit froidement celui qui n'était pas Pixel.

Il s'adressa à l'ensemble du groupe.

— Pour vous faire comprendre de vous tenir tranquilles, je vous annonce que je m'appelle Nantor.

Jenna, en état de choc, faillit s'évanouir. Elle savait qui était ce personnage parce que les trois autres lui en avaient parlé.

Score, Hélaine et Pixel avaient découvert qu'ils avaient été autrefois des magiciens puissants, les Trois qui règnent. Ces derniers avaient longtemps été à la tête du Diadème en tant que dictateurs inexorables. Ils n'avaient pas de sens moral ni de miséricorde. Ils ne régnaient que parce qu'ils en étaient capables et ils blessaient ou tuaient quiconque s'opposait à eux. Ils avaient été renversés par un usurpateur dénommé Sarman et soi-disant tués. En fait, ils avaient survécu en se propulsant dans un nouveau corps du monde en périphérie, renaissant sous forme de nourrissons, les enfants qui deviendraient Hélaine, Pixel et Score. Les Trois avaient essayé en vain de récupérer leur corps, mais ils avaient échoué et étaient maintenant emprisonnés sur Joyau, le monde situé au centre du Diadème.

Nantor avait été un Pixel adulte, un magicien froid et sans cœur qui ne s'intéressait qu'au pouvoir.

— Mais c'est impossible, souffla Hélaine.

— C'est pourtant ce qui est arrivé, répondit celui qui n'était pas Pixel. L'Esprit supérieur a essayé de prendre le contrôle du cerveau de Pixel en se servant de la puce implantée. Pixel s'est défendu en faisant appel à toute la magie dont il était capable. Il est allé beaucoup plus loin qu'il ne le pensait. Je l'ai senti dans mon emprisonnement et je me suis servi de son appel à la magie pour réintégrer son cerveau.

Il arbora à nouveau son sourire sardonique.

— Vous *savez* sûrement que je possède beaucoup plus de pouvoir que vous tous réunis, poursuivit-il. Si vous essayez de m'attaquer, vous allez échouer et endurer des souffrances atroces.

— Que comptes-tu faire ? lui demanda Score avec méfiance.

Jenna comprit que le garçon cherchait à gagner du temps pour réfléchir à un moyen de vaincre Nantor.

— Faire ? répéta Nantor. Je vais demander à l'Esprit supérieur d'implanter une puce dans ton cerveau et dans celui d'Hélaine afin que Traxis et Eremin, votre vrai moi, puissent réapparaître. Ensemble, nous régnerons à nouveau sur le Diadème.

Jenna fixait avec horreur le corps de son petit ami. Il lui semblait que Pixel était mort et que le monstre qui en habitait le corps comptait plonger le Diadème dans le chaos et la terreur.

Y avait-il une façon d'arrêter ce personnage immonde ?

13

Oracle soupira, ce qui n'était pas une mince tâche pour une personne qui n'était pas réelle. Il n'était qu'une projection : plus qu'une image, mais moins qu'un être humain. Comme il n'avait pas besoin de respirer, il lui fallait, pour soupirer, imiter le mouvement d'un soupir et l'accompagner du bruit approprié.

Bien entendu, son auditoire ne s'intéressait pas du tout à ces subtilités. Tout le monde se contentait de l'accepter tel quel, sans plus. Cependant, il était plutôt fier de sa capacité à paraître normal aux yeux des gens qu'il rencontrait.

— Nous ne les trahissons pas, décréta-t-il d'un ton qui se voulait convaincant.

Shanara le regarda avec sévérité. Elle était aussi belle que d'habitude, avec ses longs cheveux qui lui flottaient sur les épaules. Elle avait aujourd'hui choisi qu'ils soient roux, mais leur couleur variait en fonction de ses caprices et de son humeur. Elle était fâchée et troublée, d'où la teinte rouge de ses cheveux.

— Nous leur avons tendu un piège, fit-elle remarquer. Qu'est-ce que c'est s'il ne s'agit pas d'une trahison ?

— C'est une simple précaution, dit doucement Oracle, sachant qu'il devait se montrer prudent dans les circonstances. Il y a de bonnes chances pour que nous ne soyons pas obligés de resserrer le piège sur eux et, si c'est le cas, Score, Hélaine et Pixel ne sauront jamais la vérité. Toi surtout, tu devrais savoir que nous ne pouvons nous permettre de courir le risque que les Trois qui règnent reviennent un jour.

— Tu n'as pas besoin de me le rappeler ! s'écria-t-elle.

Elle porta brièvement la main à sa joue. Ils m'ont fait souffrir plus que quiconque. Je sais que je ne peux leur permettre de revenir pour régner à nouveau sur le Diadème. Ils infligeraient des souffrances intolérables au monde entier.

— Et, comme personne ne serait assez fort pour leur tenir tête s'ils revenaient, lui fit valoir Oracle, il était logique que nous leur tendions un piège pour les empêcher de rejoindre Joyau et y saisir à nouveau le pouvoir.

— Je le sais, concéda Shanara, mais ce n'est pas si simple. Je serais disposée à condamner Traxis, Eremin et Nantor à l'enfer sans même hésiter, mais ce n'est pas eux qui seront touchés par notre action. C'est Score, Hélaine et Pixel. Tu n'es qu'une illusion et tu ne possèdes donc pas d'émotions. Pour ma part, je les aime, ces jeunes !

— Et si les Trois qui règnent étaient de retour, les enfants que tu chéris tant seraient anéantis, lui fit observer calmement Oracle. Les Trois dévasteraient alors le Diadème. Il est de notre devoir d'empêcher qu'une telle chose se produise. Le piège est simplement une arme que nous gardons en réserve. Si nous n'avons pas besoin de nous en servir – et je prie pour que ce soit le cas –, il n'y a pas de mal. Si jamais nous étions *obligés* de l'utiliser, nous l'aurons à notre disposition. N'oublie pas que l'occasion ne se présenterait plus…. Les jeunes ne te feraient jamais de mal. Par contre, les Trois te zigouilleraient sans la moindre hésitation et ils me réduiraient en lambeaux. Une fois que nous serions disparus, personne n'aurait l'audace de leur tenir tête.

Shanara fit de la main un geste méprisant.

— Je sais tout ça, avoua-t-elle, mais tu es incapable de comprendre ce que je ressens.

— C'est vrai, convint Oracle, puisque je n'ai même pas l'image d'un cœur. Cependant, j'ai beaucoup d'affection pour ces jeunes et je ne souhaite pas leur faire de mal.

— Et moi encore moins, répliqua Shanara en arpentant la pièce. Lorsque j'ai rencontré ces ados pour la première fois, j'ignorais qui ils étaient. Je savais seulement que c'étaient des magiciens au grand potentiel. Je leur ai donné mon amitié avant de savoir la vérité et qu'ils soient au courant des faits. Maintenant que je les connais bien, surtout Score, je trouve difficile de me taire et encore plus de consentir à ce piège.

Oracle se rendait compte que Shanara était vraiment sur le point de faire marche arrière. Or, il savait qu'il était crucial que le piège soit maintenu en place.

— Blâme-moi si tu veux, informa-t-il la magicienne, mais nous ne pouvons pas désamorcer le piège. C'est notre seule défense.

— Une défense contre des personnes qui nous font confiance, répliqua Shanara avec amertume. Je sais que tu as raison, mais ça n'adoucit pas ma peine.

— Nous devons alors…, commença à dire Oracle.

Cependant, il fut interrompu par une saute subite de puissance. Il scintilla, incapable de maintenir son apparence pendant un bref moment, puis il sentit vaciller le monde autour de lui. Il ne comprenait pas ce qui se passait, mais le mouvement était fort. Lorsqu'il parvint finalement à se concentrer, il vit que l'onde de choc avait aussi fait vaciller Shanara. Pendant une petite seconde, la magicienne perdit ses moyens de défense ; elle laissa voir son *vrai* visage, le temps que l'illusion qu'elle maintenait au sujet de son apparence ne reprenne le dessus.

Oracle se trouva heureux de ne pas éprouver d'émotions véritables, car il aurait reculé de dégoût devant le spectacle qui venait de s'offrir à ses yeux.

— Qu'est-ce que c'était ? suffoqua Shanara. Qu'est-il arrivé ?

Oracle, interdit, secoua la tête.

— Une explosion de puissance, répondit Oracle en secouant la tête.

Une menace de fin des temps pendant quelques secondes s'est répandu dans le temps.

Il s'arrêta, en état de choc, en réalisant qu'il venait de parler en vers ! Lorsque les Trois qui règnent avaient été détruits par Sarman et que l'équilibre magique du Diadème avait été rompu, il avait été condamné à s'exprimer de cette façon. Lorsque Score, Hélaine et Pixel avaient réussi à rétablir l'équilibre, il avait pu retrouver l'usage normal de la parole.

Ce qui voulait dire…

À nouveau rompu est l'équilibre qui avait été rétabli,
Et ce que je dois faire est maintenant établi.

Shanara blêmit et sa main se mit à trembler.

— L'équilibre est rompu ? demanda-t-elle, décontenancée. Oui, je peux sentir que mon pouvoir est touché.

Elle se regarda vite dans le miroir et constata, à son soulagement, que l'illusion qui la couvrait était intacte.

— Mais comment est-ce possible ? demanda-t-elle. Les enfants ne l'ont-ils pas rétabli ?

Au centre de Joyau, une corne a été placée
Mais son pouvoir peut être effacé.
Il y avait une fissure dans sa forme
Qui a pu casser la corne.

— Oh ! s'exclama Shanara.

Il était évident qu'elle avait oublié que Score, Hélaine et Pixel avait rétabli l'équilibre magique en se servant de la corne d'une licorne — qui avait la propriété de neutraliser l'effet des incantations —, mais que la corne qu'ils avaient utilisée présentait un défaut. Oracle jugea que la corne avait finalement dû se fracturer pour finalement cesser d'agir. La corne n'étant plus en place, la magie du Diadème était à nouveau altérée.

Shanara regarda Oracle.

— Il nous faut découvrir ce qui s'est produit sur Joyau, dit-elle. Mais je ne peux y aller ; le pouvoir qui y règne est trop fort pour moi et la surcharge me tuerait. Je ne peux pas non plus me servir de ma boule de cristal pour voir ce qui se passe là-bas. Mais, toi, comme tu es irréel, tu peux t'y rendre sans risque.

> *Mon moi unique, il est vrai*
> *Est capable de le visiter pour déterminer*
> *Ce qui cloche, j'irai donc voir sur place*
> *Et te ferai rapport de ce qui s'y passe.*

Comme Oracle n'était maintenu en place que par la force de sa volonté, il lui était aisé de passer d'un monde à l'autre. Les humains devaient créer des portails pour se déplacer de planète en planète, alors qu'il n'avait qu'à s'imaginer dans un endroit pour s'y trouver effectivement. En moins d'un clin d'œil (puisque le clignement était quelque chose qu'il n'avait pas besoin de faire), il se retrouva dans la salle du Trône de Joyau.

Depuis la défaite des Trois il y avait plus d'un an, il n'avait pas eu de raison d'y retourner. Rien ne semblait avoir changé. La magie qui régnait dans les lieux était forte, encore plus qu'ailleurs dans le Diadème. À une telle proximité de la source, la faille dans la magie serait plus évidente ; Oracle se dit qu'il lui suffisait de bien examiner la situation. Il y avait cependant un problème : il était un être de magie et la déformation de la magie sur cette planète pourrait avoir une incidence négative sur lui. Elle pourrait même le détruire si l'équilibre était complètement rompu. Or, il n'avait pas le choix : il lui fallait déterminer ce qui s'était passé. Il était après tout le seul, outre un magicien très puissant, à pouvoir être ici. Et les seuls magiciens à posséder un pouvoir assez grand pour s'y trouver étaient Score, Hélaine et Pixel. Même Jenna n'était pas assez forte pour survivre sur Joyau.

Oracle traversa la salle vide du Trône et se dirigea vers la porte à l'extrémité. Dans l'autre pièce se trouvait le chef-d'œuvre de Sarman : le modèle de Diadème. Sarman avait détruit les Trois qui règnent, du moins le croyait-il, et s'était retrouvé en exil sur Joyau, incapable de quitter ce monde sans détruire l'équilibre du Diadème. Il avait usurpé le pouvoir de régner, mais avait été retenu captif sur cette planète, incapable de se servir de ce pouvoir. Son esprit retors lui avait fait trouver la solution : la construction d'un modèle.

Dans ce modèle, chaque monde du Diadème était représenté par une pierre précieuse. Chaque pierre était alimentée par la vie d'un individu du monde évoqué. Sarman comptait utiliser Score, Hélaine et Pixel comme source pour leur monde, mais les adolescents avaient réussi à le battre. Pour alimenter le modèle, ils y avaient piégé leur propre moi futur, soit Traxis, Eremin et Nantor, et avaient emprisonné le maléfice de chacun dans la pierre précieuse correspondante. Ils en avaient ensuite interdit l'accès en se servant de la corne d'une licorne.

Oracle se dirigea vers l'endroit où était placée la corne. À sa grande surprise, il vit qu'elle était encore là et qu'elle était intacte même si la fissure était visible.

Si la corne ne s'était pas fracturée, il n'y avait qu'une explication possible à la rupture de l'équilibre : quelque chose était arrivé au modèle.

La corne de licorne pouvait empêcher d'autres êtres d'entrer dans la salle du modèle, mais elle ne pouvait rien contre Oracle. Ce dernier traversa la porte et se retrouva dans la salle.

Il s'arrêta un instant pour admirer la beauté du modèle. Cette représentation de l'ensemble du Diadème tournait lentement sur elle-même dans le centre de la salle. Les pierres précieuses étincelaient de la vie qu'elles détenaient, rutilant en tournant. Ce n'était peut-être qu'une machine, mais c'était indubitablement un objet d'art exquis. Des diamants, des émeraudes, des rubis et d'autres pierres précieuses tournoyaient de façon majestueuse autour de l'immense diamant qui représentait Joyau. Toutes le pierres précieuses luisaient des forces vitales qu'elles contenaient, sauf une.

Oracle examina les gemmes une à une jusqu'à ce qu'il arrive à celle qui était terne et sans vie. Il réalisa, à sa grande horreur, qu'il savait laquelle c'était. C'était le rubis qui représentait Calomir, ce qui ne pouvait signifier qu'une chose : l'essence vitale de Nantor ne s'y trouvait plus.

Oracle était abasourdi. Nantor avait réussi à s'échapper, ce qui voulait dire qu'il habitait maintenant le corps de Pixel. La situation était encore plus alarmante que ne l'aurait cru Oracle. Sans le rubis, le modèle s'écroulerait. Le Diadème serait alors plongé dans un chaos éternel dont il ne pourrait pas s'extraire.

Ça ne s'arrêterait pas là : si Nantor avait réussi à se libérer, il finirait certainement par trouver un moyen de délivrer Traxis et Eremin. Le Diadème retomberait alors dans le chaos et les Trois seraient à nouveau en mesure de le détruire….

La situation était on ne peut plus catastro-phique. Le Diadème était condamné…

L'histoire se poursuit dans
LE LIVRE DE LA FIN DES TEMPS

Consultez les autres livres
de la série Diadème de John Peel

Suivez les aventures de Score, d'Hélaine et de Pixel. Le Diadème est un endroit dangereux et notre trio de jeunes magiciens commence à peine à en découvrir les dangers. De puissantes forces magiques cherchent à les attirer vers le centre du Diadème en vue de la bataille décisive.